दरियाई घोड़ा

दरियाई घोड़ा

उदय प्रकाश

वाणी प्रकाशन

वाणी प्रकाशन

4695, 21-ए, दरियागंज, नयी दिल्ली 110 002

फ़ोन : +91 11 23273167 फ़ैक्स : +91 11 23275710

शाखाएँ

अशोक राजपथ, पटना 800 004, बिहार

कॉफ़ी हाउस कैम्पस, महात्मा गांधी मार्ग, इलाहाबाद 211 001, उत्तर प्रदेश

महात्मा गांधी अन्तरराष्ट्रीय हिन्दी विश्वविद्यालय, वर्धा 442 001, महाराष्ट्र

सुल्तानिया रोड, मोतिया पार्क, भोपाल 462 001, मध्य प्रदेश

www.vaniprakashan.com
marketing@vaniprakashan.in
sales@vaniprakashan.in

DARIYAI GHODA
by Uday Prakash

ISBN : 978-81-8143-591-0
Collection of Stories

पेपरबैक संस्करण 1982, 1995, 2006, 2017
पेपरबैक पाँचवाँ संस्करण 2020

सिटी प्रेस, दिल्ली-110 095 में मुद्रित

वाणी प्रकाशन का लोगो मक़बूल फ़िदा हुसेन की कूची से

असगर वजाहत को
जो मुश्किल दिनों में काम आते हैं

और असद ज़ैदी, विनय दुबे, संजीव क्षितिज, मनमोहन, नरेन्द्र जैन, राजेन्द्र घोड़पकर, अमितेश्वर, धीरेन्द्र अस्थाना, बलराम, वरयाम सिंह, बालेन्द्र परसाई, प्रयास जोशी, शफक तनवीर, ललित साह, अंजनी चौहान, महेन्द्रपाल शर्मा, नगेन्द्र सिंह और संजय चौहान समेत तमाम दोस्तों–साथियों को अपनी कहानी की पहली किताब।

अनुक्रम

मूँगा, धागा और आम का बौर

दुःख बहुत चमकीला था। धूप की तरह। इतना साफ़ कि कोई भी उसे देखकर जान सकता था कि यह दुःख ही है। वहाँ ज़मीन का एक छोटा–सा टुकड़ा ख़ाली पड़ा था जिसमें मेरी एक बहुत पुरानी किताब खुली हुई पड़ी थी। किताब के खुले पन्नों पर धूप गिर रही थी और दुःख चमक रहा था।

पिताजी बेंत की कुर्सी पर बैठकर चुरुट पीते थे। बेंत कहाँ पैदा होती है, यह तो मालूम नहीं, लेकिन कुर्सियाँ इलाहाबाद से ख़रीदी गयी थीं। पिताजी हमेशा अकेले होते और किताब पढ़ते रहते हैं। मैं सामने के ख़ाली मैदान में घूमता रहता था। दोपहर बिल्कुल निचाट होती। कोई नहीं। गर्मी की छुट्टियों में सब कहीं–न–कहीं दूर चले जाते। सिर्फ़ हम बचते। भइया और दोनों बहनें। और मैं।

हमारे पास कोई खेल नहीं था। जो भी खेल हम मिलकर शुरू करते, थोड़ी देर में ही पता चल जाता कि यह खेल नहीं है। हम शायद इसके ज़रिये समय गुज़ारना चाहते हैं या उस पूरे सन्नाटे को कहीं से तोड़ना चाहते हैं।

सन्नाटा हमारे भीतर भी था। कम–से–कम मेरे भीतर तो निश्चित ही। अगर कोई दूर से मुझे पुकारता, या मेरे पास बैठकर मुझसे बात करता तो मैं उस सन्नाटे को काँपता हुआ पाता। लगता अभी यह टूट जायेगा। दरअसल मैं उसे बचाना चाहता था। माँ के मरने के बाद से ही वह मेरे भीतर पैदा हो गया था। अब मैं उससे प्यार करता था।

उस सन्नाटे में मैं अकेला होता। दुःख होता। और वहाँ एक किताब खुली रह गयी थी। उस सन्नाटे में बेंत की कुर्सी पर पिताजी चुरुट पीते। भइया अपनी साइकिल ठीक करने में लगे होते। नीता लगातार सो रही होती और दीदी खिड़की के पास खड़ी–खड़ी ऊँघ रही होती।

मैं कहाँ जाऊँ? मैंने एक दिन दीदी से पूछा।

उनकी आँखों में एक उजाड़ भूरा मैदान था। वहाँ कोई भी पौधा नहीं।

"दीदी, अपनी साइकिल चलाते हैं..." मैं उस भूरे मैदान में एक चिड़िया उड़ाना चाहता था। लेकिन वैसा नहीं हुआ। एक परछाई–भर यहाँ से वहाँ दौड़ी, लेकिन वह चिड़िया नहीं बन पायी। दीदी वैसी ही रहीं। उतनी ही निष्पन्द।

दीदी के सन्नाटे में कौन होगा? पिताजी उस बेंत की कुर्सी पर एक सफ़ेद मूर्ति की तरह नहीं लगते, अगर मैं लगातार इनसे बात करूँ तो क्या चिड़िया उड़ने नहीं लगेगी?

लेकिन मुझे लगता, यह नियम का उल्लंघन होगा। हमारे घर का एक नियम है कि कोई भी दूसरे के सन्नाटे को नहीं झाँकेगा। सबके पास अपना–अपना है और उस अपने–अपने को लेकर चुप रहो। हिलो नहीं। ख़ाऽमोश!!

मैं साँझ के बाद, या अक्सर नींद आने से पहले कभी–कभी रोने लगता। रात में कभी–कभी बीच में उठकर। फिर एक गिलास पानी पीता और सो जाता। लगता सब जगे हुए हैं। दीदी भी और भइया भी। लेकिन सब नींद का अभिनय कर रहे हैं।

यह नींद नहीं सचमुच अभिनय ही था। इसे एक दिन मैंने जान लिया था। रात में जब एक दिन मेरे भीतर वैसी ही ख़ाली–धूसर तकलीफ़ थी। मैं उस तकलीफ़ का मटैला रंग धीरे–धीरे अपने भीतर उतरता देख रहा था। एक सनसनी और बुख़ार की आँच मेरे न चाहते हुए भी मेरे शरीर में चढ़ रही थी। फिर मैंने माँ को देखा। मैं रोने लगा। बहुत चुपचाप। इतने चुपचाप ढंग

से, अपने को भीतर से मसोस कर कि बाहर चूँ भी न निकले। ऐसा रो पाना बहुत अभ्यास की चीज़ है।

तभी मैंने अपने रोने में किसी दूसरे के गले की अथाह सिसकी को निकलते हुए सुना। मेरे रोने की तकलीफ़ से कहीं अधिक सघन तकलीफ़ को अपने भीतर भरी हुई सिसकी। मैंने हड़बड़ाहट में अपने को रोक लिया। बगल के पलंग पर दीदी थीं। मैंने देखा वे चौंक गयी थीं और गर्दन घुमाकर मुझे देख रही थीं।

शायद उन्हें अभी भी यकीन था कि उनसे कोई ग़लती नहीं हुई। हमारी आँखें थोड़ी देर तक कतराने के बाद शायद मिलीं। चोरी पकड़ी गयी थी। मैं सिहर गया। थोड़ी देर पहले मेरे सन्नाटे में बैठी माँ की आँखें मुझे दया और असहायता के साथ देख रही थीं। दीदी तुम्हारी आँखें इतनी पुरानी कैसे हो गयीं।

सवेरे दीदी बाहर बरामदे में बैठी भिण्डी काट रही थीं। मैं उनके पास गया, लेकिन कुछ नहीं। हम रात वाली बात भूल गये थे। दीदी के चेहरे पर वही भूरा मैदान था फिर। परिचय जैसा कुछ नहीं।

घर के बाहर जो मैदान था उसमें झुलसी हुई घास थी। एकदम सूखी। बहुत देर बाद कोई गाय वहाँ आती और कुछ तिनके चबाती, या कुछ खोजती। मैं गाय के पुट्ठों पर गिरती धूप में उदासी को देखता जो वहाँ मक्खियों के उड़ने और बैठने पर भी नहीं तिड़कती थी। वह एक जमी हुई उदासी थी...लेकिन सबसे ज़्यादा सुनसान गाय की आँखों में होता। एक बार गुन्नू अहीर ने बतलाया था कि दीवाली की रात में, काली अमावस रात में, जब सब लोग सो जाते हैं तो गाय–बैल मनुष्यों की तरह बोलते हैं। अगर कोई सुन ले तो मर जाता है और न मरे तो फिर कुछ भी उससे छिपा नहीं रहता। आने वाले समय और जाने वाले समय का शरीर उसके लिए काँच जैसा पारदर्शी हो जाता है।

और गायें रोती भी हैं। मैंने उनके भीगे पपोटे देखे हैं। गाढ़ा, लिसलिसा द्रव जो उनका आँसू होता है, लम्बी लकीर बनाता

हुआ उनकी कनपटी पर रुक जाता है। सूखने के लिए। मुझे दीदी की याद आयी।

पिताजी यूँ ही बैठे थे। बेंत की कुर्सी पर। एक बिल्कुल निर्जन चट्टान।

उस चट्टान के भीतर माँ होगी। शायद सुपाड़ी काट रही हो या पिताजी की तरफ़ पीठ करके सो गयी हो। पिताजी पचास के हो गये।

दीदी भिण्डी काटना ख़त्म कर चुकी थीं। वे यहाँ नहीं थीं। घर के भीतर आँगन के पार रसोई वाले ओसारे में थीं। ताज्जुब है कि मैं उन्हें देख रहा था। वे थाली में कटी हुई भिण्डियों को भूलकर पत्थर हो गयी थीं। दीदी की शादी इस साल हो जायेगी।

नीता कोई किताब पढ़ रही थी। गीता प्रेस का 'कल्याण' या 'जयद्रथ वध' जैसा कुछ। उसे अभी खेलना चाहिए। वह चाहे तो ज़ोर–ज़ोर से हँस कर और हरा रिबन इस घर में दौड़ाकर सब कुछ बदल सकती है। नीता फिर फर्स्ट आयी भी तो क्या होगा?

भइया कहाँ हैं?

उनकी साइकिल खड़ी थी। उसके हैंडिल पर आम का एक बौर खुँसा हुआ था। उसकी खट्टी महक मेरी साँस तक आयी। उनकी चप्पलें आँगन में धूप खा रही थीं। उनका पाजामा अरगनी में उलटा लटका हुआ था। उनका प्लास, स्क्रू ड्राइवर, वायर पाना सब साइकिल के पास पड़े थे।

"नीता, भइया कहाँ हैं"–यह आज के दिन का पहला वाक्य था। यह वाक्य कबूतर की तरह उड़ता हुआ सारे घर में गया। एक–एक कमरे में। आँगन में मँडराता रहा। कौआ जो पानी पी रहा था मँजोठे के पास, उड़कर चला गया। पिताजी कुर्सी से उठकर टहलने लगे। दीदी ने थाली उठाई और रसोई में घुस गयीं।

"नीता, भइया कहाँ हैं?" मैंने दूसरा कबूतर उड़ाया। उसी रंग का। हू–ब–हू वैसा ही। यह कुछ ज़्यादा फुर्तीला था। पिताजी ने

ज़ोर की जमहाई ली और शरीर की गाँठें फोड़ीं, गाँठों में नींद का सन्नाटा रहा होगा। दीदी बर्तन बजाने लगीं। दूसरा कबूतर जाकर नीता के कन्धे पर बैठा। उसने किताब रख दी, गर्दन घुमाई और कहा–"मुझे क्या पता"।

वह फिर 'कल्याण' पढ़ने लगी...तो ध्रुव को जंगल में एक व्याघ्र मिला। उस बाल तपस्वी को देखकर व्याघ्र का मन स्नेह और वात्सल्य से भर उठा। उसने पूछा...

मेरे दोनों कबूतर आँगन के बीच मरे पड़े थे। सारी आवाज़ें थिरा गयी थीं। कौआ पानी पी रहा था। अपने पंखों को फटकार कर वह छींटे उड़ाता फिर गर्दन नीचे कर लेता। मैं उसे देर तक देखता रहा। तो यह जीवित है।

हे काग भुशुण्डी उड़ो, और जाकर मैदान में निपट अकेली चरती गाय के पुट्ठे पर बैठ जाओ।

"दीदी, भइया कहाँ गये..." मैंने इस बार ज़ोर से कहा। यह कबूतर नहीं गीध...था। अपने डैने भाँय–भाँय करता हुआ उड़ा। मैंने सोचा ऐसे–ऐसे पाँच गीध उड़ाऊँ। "कहाँ गये भइया, दीदी?" यह पहले वाले से कुछ कमज़ोर था। रसोई के चौखट तक जाकर ऊपर उड़ गया।

मैं थक गया था। और हाँफने लगा था। यह मेरी हार थी। पानीपत से भी बड़ी।

एक दिन यह होगा। रात में पिताजी को ज़ोरों से खाँसी आयेगी। उनकी छाती का पंजर हिलने लगेगा। ज़ोर–ज़ोर से। वे सूखे पत्ते की तरह काँपेंगे। और खाँसते जायेंगे। एक कभी न ख़त्म होने वाली ट्रेन के डिब्बों की तरह खाँसी आती रहेगी। लगातार। वे सोचेंगे यह आख़िरी डिब्बा निकला...लेकिन ये लो एक तो ये रहा। दूसरा ये आ रहा है। पीछे अभी सैकड़ों हैं।

फिर वे ख़ून उगलने लगेंगे। उनके फेफड़े में कैंसर है और अब वे दो दिन से ज़्यादा जीवित नहीं रहेंगे–यह डॉक्टर बतलाएगा।

मरने के पहले आदमी की पहचान मिट जाती है। तो यही थे हमारे पिताजी। उनके गले से आवाज़ भी नहीं निकलती। कैसी रही होगी उनकी आवाज़।

कभी–कभी पिताजी पहले गाया करते थे।

कस न दीन पर द्रवहु उमावर

दारुण विपति हरहु करुणाकर

मैं उनसे बात करना चाहता हूँ। अब बेंत की उस कुर्सी पर चट्टान की मूर्ति की तरह कौन बैठा रहेगा? रात में उठ–उठकर चुरुट कौन पियेगा? और उसके धुएँ की महक क्या हमेशा के लिए अनुपस्थित हो जायेगी...मैं पीना शुरू कर दूँगा। लेकिन मेरे बाल बर्फ़ की तरह सफ़ेद कैसे होंगे?

"नीतू...नीतू..." कभी–कभी कौन पुकारेगा। खादी के धुले–धुले कपड़े कहाँ जायेंगे, मुझसे किसे डर लगेगा?

पिताजी का मरना एक डर का ग़ायब होना है जो मेरे स्वभाव का एक ज़रूरी हिस्सा है। पिताजी के चुप रहने, बिल्कुल न हिलने–डुलने के बावजूद उनके होने का डर हमेशा मेरे भीतर रहता है। कभी–कभी मैं इसके ख़िलाफ़ भी कुछ–न–कुछ सोचने लगता था। मैं इस डर को मरते हुए नहीं महसूस कर सकता। यह अत्यन्त दर्दनाक है।

पिताजी बेंत की कुर्सी पर बैठे हुए हैं। सामने के मैदान पर झुलसी हुई घास है। दूर सड़क पर कोई ट्रक जा रहा है और उसकी आवाज़ यहाँ तक आ रही है।

मैं पिताजी को देख रहा था। उन्हें क्या पता कि मैं उनके मरने की बात सोच रहा था और अभी कुछ देर पहले उन्हें ख़ून की उल्टी हुई थी, उनके फेफड़े में कैंसर की बात डॉक्टर ने बताई थी...

पिताजी को क्या पता कि इस वक़्त मेरे भीतर उनके लिए अथाह ममता है। प्यार उमड़ रहा है।

पिताजी थोड़े ही जानते हैं कि मैं चुरुट पीना चाहता हूँ

और उनके मक्के के भुये जैसे सफ़ेद बालों पर उँगलियाँ फेरना चाहता हूँ।

पिताजी उठे...मेरी ओर देखा। यह तो चट्टान है हमारा बाप।

"नीतू... नीतू..." पिताजी ने आवाज़ लगायी। कितना बड़ा और भारी–भरकम कबूतर उड़ाया इन्होंने। शायद यह बाज़ है, कबूतर तो क़तई नहीं।

नीता दौड़ती हुई आयी। उसके हाथ में मनोरमा थी। तो अब आप गाजर का अचार बनायेंगी मीराबाई। और कुछ टीकोजी–वीकोजी। पिताजी ने उससे चाय बनाने के लिए कहा एक कप। फिर मेरी ओर देखने लगे। उनके चेहरे पर मुस्कान थी शायद।

नीता जा रही थी। पिताजी ने कहा–"नीतू दो कप, एक कप पप्पू के लिए।"

पिताजी फिर कुर्सी बैठ गये थे।

मैदान में एक भैंस आ गयी थी जिसकी पीठ पर, गर्दन के नीचे की ओर एक घाव था...एक कौआ उसकी पीठ पर बैठकर घाव के कीड़े निकाल रहा था। गुनू अहीर ने बतलाया था कि भैंस की पीठ पर कौआ बैठा हो तो भयानक अपशगुन होता है। महामारी आती है, प्लेग फैलता है या घर में कोई मर जाता है।

प्लेग अब तो क्या फैलेगा पट्ठे। अंग्रेज़ों के समय में फैलता था। मुझे अच्छा लगा कि अब प्लेग भी नहीं है। और अंग्रेज़ भी नहीं हैं।

लेकिन घर में किसकी मौत होगी? पिताजी?

लेकिन गुन्नू अहीर ने भैंस के ऊपर कौए की बात नहीं, सूअर के ऊपर कौए की बात कही थी, हमारे गाँव में तो सूअर हैं ही नहीं। इसलिए कोई नहीं मरेगा।

पिताजी गा रहे थे–

ऐसा को उदार जग माहीं
बिन सेवा जो द्रवय दीन पर राम सरिस...

कोऊ नाऽहीं...

जो गति जोग बिराग जतन करि...

नीता चाय लेकर आ गयी थी। दो कप।

फिर भी दुःख इतना चमकीला था कि कोई भी उसे देखकर जान सकता था कि यह दुःख ही है। नीता को खेलना चाहिए। भइया वाली साइकिल चलानी चाहिए।

नीता हमारे ही बरामदे में बैठकर मनोरमा पढ़ने लगी थी।

पढ़ो नीताजी मृणाल पाण्डे का लेख कि घर से तनाव कैसे दूर किया जाये और पति की देखभाल कैसे की जाये।

और जब गाजर का हलवा बनाना हो तो उसमें चीनी डालना मत भूलना।

मुझे भी कोई किताब पढ़नी चाहिए। चुप रहते हुए जो कुछ भी किया जा सकता है करना चाहिए।

अगर माँ होतीं तब भी क्या घर में ऐसा सन्नाटा होता। तब भी क्या हम इतने ही अलग–अलग होते। एक बहुत घिसा–पिटा वाक्य याद आ रहा था सब लोग धागा टूटते ही मूँगों की तरह अलग–अलग छिटक गये। हम मूँगे थे। माँ धागा थीं। जो टूट गयी।

और पिताजी क्या हैं। मूँगा कि, धागा। या, दोनों हैं। लगता है पिताजी दोनों होते हुए भी दोनों नहीं हैं।

पिताजी ने चाय ख़त्म करके चुरुट सुलगा लिया था।

मैंने तय कर लिया था कि आज जब रेवती कपड़ा धोने आयेगी तो उससे बात करूँगा। मुझे पूरा भरोसा था कि उसके भीतर ऐसा सन्नाटा नहीं होगा। यह तो हमारे ही घर की ख़ास चीज़ है। हमारे ही भीतर इसका वास है।

रेवती के भीतर ज़रूर कोई झरना होगा, या कोई गिलहरी होगी। कुछ न भी हो तो भी ऐसा चमकीला दुःख तो न ही होगा। रेवती का घर भी ऐसा नहीं होगा जिसके सामने के निर्जन मैदान

में सिर्फ़ गाय घास चरती है। घास जिसमें कोई हरी फुनगी नहीं। बा सूखे हुए तिनके।

गाँव में मुश्किल से दस घर होंगे। फिर खेत और सरई के जंगल। पीछे एक पतली–सी नदी। गर्मी में खेतों को देखना एक लम्बे–चौड़े विस्तृत ऊब को अपने भीतर भर लेने जैसा है। फ़सल कटने के बाद ख़ाली खेतों में जो कुछ रह जाता है वह एक पछतावा है। या दुःख। ऐसे खेतों को देखकर एक ऐसे घर की याद आती है जिसमें वर्षों पहले रहना छोड़ दिया गया हो।

हमारे सबके भीतर एक–एक ख़ाली खेत है। गेहूँ के कटे हुए ठूँठ हैं। सूखे हुए, पीले, पुआल या भूसा। हवा आती है तो पुआल के तिनके उड़ते हैं और एक अवसाद कुछ गहरा हो जाता है।

दीदी को ज़रूर इन्तज़ार होगा। अपनी शादी का। दीदी, नीता सबको इस घर से जल्द–से जल्द चले जाना चाहिए।

मुझे भी। यहाँ, सिर्फ़ घर रह जाये। तब भी इस घर में ऐसा ही सब रहेगा, लेकिन पिताजी कहाँ जायेंगे? उनके बालों को देखकर पुआल की याद आती है। वे फ़सल के बाद के ख़ाली खेत हैं। उन्हें तो देखकर बाहर से ही साफ़ पता चल जाता है।

माँ होगी तो इस खेत में गेहूँ के हरे पौधे रहे होंगे।

और हम सब बालियाँ थे। हम में कच्चे दूध वाला दाना रहा होगा। मुझे याद है मैं, भइया और दीदी गाँव के ढेर सारे बच्चों के साथ 'आम की डण्डी तीन पटंगी' खेलते थे।

पिछवाड़े अमरूद के पेड़ थे। वहाँ जाने पर हम बंदर हो जाते थे। एक बार भइया की पूँछ उग आयी थी और वे खपड़ैल पर चढ़कर 'हूप...हूऽप' करने लगे थे।

माँ के जाते ही सारे करिश्मे ख़त्म हो गये थे। अमरूद के उन पेड़ों पर अब फल नहीं आते। कहते हैं उनकी उम्र गुज़र गयी। एक उजाड़ बगीचा, जहाँ दोपहर भाँय–भाँय करती है, वहीं किसी झुरमुट में हमारे समेत सारे बच्चे छुप गये थे और जब मैं वहीं से लौटा था तो मेरे साथ, मेरे पीछे–पीछे एक काले लबादे

की तरह, या परछाई की तरह यह सन्नाटा हमारे घर के भीतर चला आया था।

रेवती दो बजे आयी। दीदी भी नहा चुकी थीं। वे सबसे बाद में नहाती हैं।

रेवती के चारों ओर कपड़े और साबुन के झाग हैं। सफ़ेद–सफ़ेद फेन पर हज़ारों बुलबुले। हर बुलबुले पर धूप सात रंगों में बँटकर चमकती है और उसमें सारा आकाश झलकता है।

दोपहर की आँच और ख़ामोशी में साबुन के बुलबुले एक–एक कर फूटते हैं। वहाँ ठण्डक होगी। उनकी आवाज़ धूप पी जाती है। रेवती की पीठ चमक रही है। पीठ पर भी फेन के थक्के लिपट गये हैं।

नीता 'कल्याण' पढ़ रही होगी। दीदी खाना खाकर छत की ओर टकटकी लगाये लेटी होंगी। भइया सो गये होंगे।

"तुम्हारे घर में कौन–कौन है रेवती"...मैं रेवती के पास खड़ा था। मैं सारे बुलबुलों को फोड़ दूँगा।

रेवती की पीठ पर झाग के थक्के हैं। पोंछ दूँ। रेवती को कैसा लगेगा।

"माँ–बाप हैं, और भाई है।" रेवती पिताजी की बनियान पछीट रही थी, साबुन के बीच पिताजी की देह की महक मैं पहचान सकता था।

रेवती ने मेरी ओर नहीं देखा।

"और कौन–कौन है?"

"और कोई नहीं है।" रेवती ने अब पिताजी को छोड़कर मुझे उठा लिया था। मैं उसके हाथों में था और मुझ पर साबुन रगड़ा जा रहा था।

झाग का एक थक्का उड़कर मेरे गाल पर पड़ा।

"और तुम भी तो हो।" रेवती मेरी बनियान को गुड़ी–मुड़ी बनाकर पटक रही थी। मेरे भीतर का मैल निकल रहा था।

मैं सारे बुलबुलों को फोड़ दूँगा और एक बहुत बड़ा गुब्बारा बनाऊँगा। फिर उसे भी फोड़ दूँगा। नीता धमाके से डर कर 'हनुमान जी—हनुमान जी' करने लगेगी और दीदी शादी की बात तेज़ी से सोचने लगेंगी।

पिताजी चुरुट पीना छोड़ देंगे। अगर गुब्बारा फूटने से चुरुट उनके हाथ से छूटा और कहीं वे जले तो बेंत की कुर्सी उलट जायेगी।

"तुम नहीं हो क्या?"

रेवती हँस रही थी। मैंने पहले ही जान लिया था कि उसके भीतर ऐसा सन्नाटा नहीं है। हालाँकि मैं गिलहरी को बाहर निकालना चाहता था।

"मैं तो हूँ ही।" रेवती ने मेरी बनियान ज़ोर से निचोड़ दी।

'तुम्हारा भाई क्या करता है?'

"काम पर जाता है। पावर हाउस।" रेवती ने नीता को पकड़ा।

"नीताऽ..." मैंने गीध उड़ाया। गीध नहीं, यह कबूतर था। देर तक फड़फड़ाता रहा।

तो—ध्रुव तपस्या करेंगे। अटल रहेंगे अपनी भक्ति पर। कितने भी राक्षस, पिशाच आयें उनकी तपस्या नहीं टूटेगी।

इन्द्र का सिंहासन हिलने लगा है।

नीता पढ़ते—पढ़ते सो गयी होगी, ज़रूर। मैंने दूसरा कबूतर उड़ाने का इरादा छोड़ दिया। मैं हार गया था फिर।

इस घर के बीचों—बीच एक चट्टान है जिससे टकराकर सारे कबूतर मर जाते हैं। चट्टान माँ रखकर चली गयी। या, माँ के जाने के बाद यह चट्टान ख़ुद—ब—ख़ुद यहाँ आ गयी। लेकिन...

मैं सारे बुलबुले फोड़ दूँगा।

"रेवती, और तुम क्या करती हो?"

"कपड़े धोती हूँ। देख नहीं रहे हो?" रेवती ने नीता को पटका। ठीक किया। और ज़ोर से पछाड़ो अभी इसी फ्रॉक से

हनुमान चालीसा और दुर्गा सप्तपदी निकलेंगे। और तुम जिसे मैल समझती हो रेवती, वह चन्दन है मीराजी का।

मैंने रेवती की पीठ से फेन पोंछ दिया। वैसे अब तक वहाँ वह बचा ही नहीं था। मेरी हथेलियाँ काँप रही थीं।

रेवती का चेहरा ताँबे जैसा हो गया था। तो, गिलहरी नहीं निकली।

मैं फिर हार गया। चट्टान बड़ी मज़बूत है। भइया सोकर उठ गये थे। बाक़ी हर जगह दोपहर की ही गूँज थी।

रेवती ने मुझे देखा था, घूम कर। उसकी हँसी नहीं बची थी।

पास में ही, पचास क़दम बाद सोन नदी है। उस पर अब पुल बन गया है। पहले डोंगी चलती थी। पुल के ऊपर मन्दिर है, रोज़ शाम वहाँ पूजा होती है और उसके बाद पुजारी चिलम पीता है।

सरई के पेड़ों पर तोते बहुत रहते हैं। और पण्डुक। पण्डुक की आवाज़ दोपहर की घू–घू में मिल जाती है।

सरई के फूलों को गाँव के लोग बटोरकर ले जाते हैं और उसके बीज से भात बनता है।

जहाँ मैं बैठा हुआ था वहाँ छाँह थी और बगल में बेरी की एक झाड़ी थी। सामने, जंगल के बीच वह गली थी जो हमारे गाँव तक जाती है। मैंने देखा, भइया साइकिल पर चले आ रहे थे। वहाँ से वे मुझे नहीं देख सकते।

साइकिल के कैरियर पर, पीछे, मैंने देखा रेवती बैठी थी। उसने भइया को पकड़ रखा था। साइकिल के हैंडिल पर आम का बौर था।

सरई का जंगल बहुत सूना हो गया था। और घुग्घु बोलने लगा था। मैं घर लौटूँगा। मेरे भीतर का डर और सन्नाटा मुझे खींच रहा था।

दरियाई घोड़ा

अँधेरा ही दादा की आँखों में रहा होगा। वे किसी भी चीज़ को देखते नहीं लग रहे थे। सारी चीज़ें जैसे पारदर्शी हो गयी हों... अपना अस्तित्व उन्होंने खो दिया हो और दादा की आँखें जैसे उनके पार कहीं अटक गयी हों। ऐसे अँधेरे में कई–कई रंगों के गुब्बारे तैरते हैं...ज्यामितियाँ और आकृतियाँ बनती हैं। फिर वे सब नष्ट हो जाती हैं।

और आवाज़ें भी वैसी ही क्षण भंगुर। अचानक जैसे रात में अपनी ही परछाई में छिपे पेड़ों या झाड़ियों से एक साथ झींगुर बोलने लगे हों या दूर से, किसी पहाड़ी की चोटी पर कोई बहुत बारीक़ और मद्धिम आवाज़ में पुकारने लगा हो..."दादा ओ...ओ...ओ ...दादा।" फिर अचानक सब कुछ स्तब्ध। सन्नाटा।

बेहोशी टूटने के बाद भी वे होश में नहीं थे। अगर होश में होते तो सुबह नौ बजे के उल्लास से भरे कमरे की एक–एक चीज़ पर उनका कौतूहल ठहरता और वे फिर से इस दुनिया में लौट आने की घटना पर आश्चर्य से भर उठते। रात में आठ के आस–आस, कम–से–कम मैंने तो सोचा ही था कि अब वे लौटने से रहे।

लेकिन दादा फिर थे। उनके दायें गाल के नीचे से लेकर कान के पीछे गले तक का मांस ऑपरेशन से निकाल दिया गया था। एक विकराल खुला हुआ घाव वहाँ था। उनकी दायीं दाढ़ भी निकाल दी गयी थी और इसीलिए उनके चेहरे का अनुपात

बिगड़ गया था। देखने से लगता था जैसे बहुत जल्दबाज़ी में उनके चेहरे को आधा कर डाला गया हो। होंठ टेढ़े होकर लटक गये थे। नाक एक ओर झुकी लग रही थी और दायीं आँख बन्द होने के बावजूद बन्द रहे आने के लिए जद्दोजहद करती दिखायी पड़ती थी।

दादा को ख़ून मैंने दिया था। मेरी उम्र अट्ठारह साल की थी और सारा ख़ून आलू–रोटी खाने से बना था। उस ख़ून में काजू, मुनक्का या तरह–तरह के फलों का सत नहीं था। और इस ख़ून की मात्रा छह सौ सीसी थी। मैं अपने प्रति दया और गर्व से भरा हुआ था और प्रतीक्षा कर रहा था कि दादा के होश में आते ही मैं चिल्लाकर बताऊँ कि लो देखो, जिसे तुम सबसे ज़्यादा आवारा, फक्कड़, निकम्मा और गया–गुज़रा समझते थे, वो कितना वफ़ादार और पितृसेवक निकला। हरीश दा और अमरेन्द्र तो उस वक़्त खिसक लिए। आख़िर मैं ही काम आया न?

लेकिन दादा मुझे पहचान ही नहीं रहे थे। मुझे देखते हुए भी लगता था कि जैसे वे दूर किसी पुराने मन्दिर की गुम्बद के ऊपर मँडराती चील को देख रहे हों, या मेले की चकरी में दौड़ते लकड़ी के घोड़ों में से किसी एक को देख पाने की कठिन कोशिश में लगे हों...या नदी–किनारे फैली हुई दूर–दूर तक की रेत में उड़ते किसी पुराने अख़बार के टुकड़े को घूरकर उसमें से कोई ख़बर पढ़ जाने की धुन में हों। मैं रोने–रोने को हो आया। गले तक आकर रुलाई का भभका अटक गया था जिसे फूटने से मैं रोके हुए था।

दादा के सामने मैं था। कक्का बैठे थे। दादा ने दोनों को नहीं पहचाना। पहचानने का कोई प्रयत्न भी कहीं नहीं था। बल्कि वे देर तक उस नर्स को ताकते रहे जो ड्रेसिंग करने आयी थी।

कक्का ने दो–एक बार ज़ोर से कहा..."भाई, मुन्ना की ओर देखो। रो रहा है, सुनाई पड़ता है?" दादा लेकिन निर्लिप्त ही

थे। रात दस बजे दादा ने पानी माँगा। तब तक मैं रिश्तेदारों को तार कर चुका था कि ऑपरेशन सफल रहा।

वे मुस्कुराए। कि, लो...आख़िर मैं लौट आया। तुम लोगों ने तो विदा ही दे दी थी। वे उस समय सचमुच कहीं बहुत दूर से आते हुए लग रहे थे। बहुत सारी सीढ़ियाँ एक साँस में चढ़ जाने पर जैसी थकान और विजय में रंगे हुए चेहरे की चमक होती है। उन्हें धीरे–धीरे हँफनी छूट रही थी। साँसें बढ़ गयी थीं।

फिर भी उनके चेहरे की ओर देर तक देख पाने का हौसला मुझमें बार–बार चुक जाता था। उन्हें सुबह उठकर साबुन की झाग लगाकर उस पर शेविंग ब्रुश की फट–फट करते मैं सालों से देखता रहा था। वे दाढ़ी बनाते वक़्त एक खेल खेलते रहते थे। ब्रुश फटफटाते तो साबुन के छींटे आस–पास, कमरे–भर में उड़ने लगते। फिर रेजर चलाने के बाद तौलिये से पोंछते ही एक साफ़–सुथरा गोरा चेहरा निकल आता। दादा का चेहरा।

अब वहाँ एक बिना शक्ल का लोंदा था। मांस का लोथड़ा। कैंसर था जिसका ऑपरेशन हुआ था। कार्सीनोमा आन चीक। यानी गाल के भीतर–भीतर दाढ़ों से होता हुआ गले में स्वर यन्त्र तक फैला हुआ राज रोग। दुनिया के तमाम वैज्ञानिकों के पास जिसकी कोई दवा नहीं।

मैं भागकर नर्स के पास पहुँचा। दादा पानी माँग रहे थे। वह केरल की रही होगी। काली और सुन्दर। और बिल्कुल दुबली। दुबली नर्सों को देखकर मुझे लगता है कि वे गुस्सैल और चिड़चिड़ी होंगी। प्यार भी करती होंगी तो आदमी को तोता बनाकर पाल लेती होंगी।

नर्स परेशान हुई। फिर डॉक्टर से पूछने चैंबर में चली गयी। जब लौटी तो उसके हाथ में रबर की एक ट्यूब थी। फीडिंग ट्यूब। फीडिंग ट्यूब दादा की नाक में डाल दी गयी। काफ़ी भीतर तक कि उसका एक छोर आहार नली तक पहुँच जाय। इसी ट्यूब से पानी देना होगा। सीरिंज में भरकर। भूख लगे तो

लिक्विड फूड। तरल भोजन। जैसे–दूध, फलों के रस, प्रोटीनेक्स, कच्चे अण्डे और मौसमी के रस का घोल।

दादा असहाय थे इस क़दर।

जब हम छोटे थे, दादा अपने मुँह में दोनों हाथों की एक–एक उँगली फँसाकर, होंठों को दोनों तरफ़ गाल तक खींच देते थे। उनका जबड़ा तब दरियाई घोड़े की तरह बन जाता। वे 'फाऊ–फाऊ...फाऊ...फाऊ' करते तो हमें मज़ा भी आता और हम डरते भी रहते। घिघियाते हुए हम लोग हँसा करते थे। ऐसे में दादा इतने कम दादा रह पाते थे कि लगने लगता था कि बस अब पलक झपकी कि दादा दरियाई घोड़ा बनकर लपक लेंगे। बड़ा नाज़ुक लमहा होता था वह। लेकिन दादा हर बार दरियाई घोड़ा बनते–बनते कहीं चूक जाते और हमारी साँसें लौट आती थीं। इसी मौक़े पर, जब वे चूकते...इतना ख़तरनाक मौक़ा उनके हाथ से निकल जाता, हम जीत जाते थे। और इसी मौक़े पर हम हँसना शुरू करते थे। हम हँसते हुए उन्हें हरा दिया करते थे।

दादा कभी–कभी हनुमान जी भी बनते थे। दोनों गालों में हवा के लट्टू भरकर वे फुला लेते...फिर दोनों हथेलियों को एक साथ, दोनों तरफ़ से, गालों पर पटक देते, यों कि जैसे ताली बजाते वक़्त बीच में अपना हनुमान वाला चेहरा रख दिया हो। 'फुर्र–फुर्रर' की आवाज़ के साथ हवा निकल जाती और हनुमानजी वापस दादा में बदल जाते।

अब दोनों खेल असम्भव थे। इसलिए कि हम बड़े हो गये थे। कम–से–कम मैं तो बड़ा नहीं हुआ था। अट्ठारह साल का होने के बाद भी। इसलिए कि दादा का चेहरा डॉक्टरों ने चीर–फाड़ डाला था। उनके होंठ अलग–अलग होकर झूल गये थे। दायाँ गाल और दायीं दाढ़ थी ही नहीं।

लगता है मैं फिर रोना चाहता हूँ। कई बरसों का रोना एक साथ। अब तक जिसे रोककर, घोंटकर रखा हुआ है। हिलक–हिलक कर रोना। मैं पेड़ बन जाऊँ आँधी के बीच और

सारे शरीर, सारे पत्तों को झिंझोड़कर रो लूँ। दादा दादा कहकर। लेकिन यहाँ कोई नहीं है जो उसे सुने। क्योंकि दादा और मेरे बीच चल रहे खेल का कोई और पार्टनर नहीं है। कोई और जोड़ीदार नहीं। कोई और गवाह नहीं। कक्का, हरीश दा और अमरेन्द्र की तो अपनी दुनिया है। वहाँ दादा होंगे भी तो अब वे सिर्फ़ एक बीमार आदमी की तरह होंगे। आज वाले दादा। इस क़दर बेसहारे, जिनकी नाक मेंफ़ीडिंग ट्यूब लगी हुई है, आधा चेहरा ग़ायब है। जो बोल नहीं सकते।

या, दादा होंगे शराब के नशे में धुत। दरी और फ़र्श पर अपनी कै के बीच बेहोश पड़े हुए। क़र्ज़ में लदे। दिन–रात पागलपन के दौर में खाने–पीने के बरतनों को फेंकते हुए, बिना बात झगड़ा करने पर उतारू, गाली–गलौज में लगे, बोतलों के बीच अपना जिस्म, दिमाग़, ज़मीन, जायदाद सब स्वाहा करते हुए दादा।

क्या नहीं जानते हरीश दा, अमरेन्द्र कि दादा दरियाई घोड़ा थे। हनुमानजी थे। दादा एक दिन छप्पर पर टँगी गिल्ली लेने लंगूर की तरह खरपैलों पर जा चढ़े थे। नीचे अम्मा चीख़ रही थीं कि इस साल लगता है बरसात में घर बहायेंगे, खरपैल तोड़कर। बच्चा तो नहीं हैं। ये भला कोई बात है? और दादा ऊपर से 'हूप...हूप' करने लगे थे। हम ताली की ख़ुशी से अम्मा को चिढ़ा रहे थे, वे चिढ़ भी रही थीं जिससे दादा और बढ़े जा रहे थे। तभी हमने देखा कि दादा को पूँछ उगी, उनका मुँह लंगूर की तरह काला हुआ और वे कूदते–फाँदते हुए मुँडेर की दूसरी तरफ़ उतर गये। हमारी आँखों के सामने दादा का वह सबसे सफल और चमत्कारपूर्ण करतब था। वैसे वे ताश का जादू भी करते थे। और चकबड़ के दाने को दाँत से काटकर दो टुकड़ा करने के बाद, दुबारा 'छू मन्तर' करते ही जोड़ देते थे।

मैं बाहर से लौटकर आया तो कमरे में दवाओं की वही बोझिल गन्ध थी। कमरे में कक्का और हरीश दा बैठे थे ज़ोर–ज़ोर से

बोल रहे थे। शायद दादा का मन बहलाने के लिए कुछ गप्पें की जा रही थीं। इस साल फ़सल अच्छी होगी। बारिश ठीक हो रही है। सीलिंग में घूमते पंखे से कट–कटकर ये सारी बातें चिथड़ों की तरह फ़र्श पर गिर रही थीं। उन्हें कोई नहीं देख रहा था। मरे हुए चमगादड़ों की तरह वे एक ढेर में इकट्ठा हुई जा रही थीं। मैं जान गया था कि दादा इन बातों को नहीं सुन रहे हैं। और शायद कक्का और हरीश दा दादा का मन बहलाने की कोशिश में अपनी ही बातों में कहीं उलझकर रह गये हैं। दादा उस बातचीत में कहीं से भी नहीं घुस सकते थे। दादा को वे लोग शायद भूल चुके थे।

मैं कमरे में आया तो दादा ज़रा–सा हँसें। ऐसा ही लगा। उस चेहरे में ऐसा कुछ नहीं बचा था जिससे कुछ अन्दाज़ा लगता।

लेकिन वे हँसे ज़रूर थे क्योंकि मुझे लगा था कि मैं जवाब में मुस्करा रहा हूँ। दादा ने हाथ उठाकर उँगलियाँ हिलायीं। इशारा था, पास आने का। मैं गया तो उन्होंने मेरे माथे पर अपनी उँगलियाँ रखीं। भौहों को छुआ। बहुत ठण्डी उँगलियाँ थीं, सिकुड़ी हुई। मेरे गाल उन्होंने थपथपाए और उनकी आँखों की कोरों से पानी रिसने लगा।

तो? तो लगता है उस केरल वाली नर्स ने बता दिया कि मुन्ना ने आपको ख़ून दिया है। आप ऑपरेशन थियेटर की मेज़ पर जहाँ तक जा चुके थे वहाँ से वापस आपको लौटा लाने वाली सीढ़ियाँ मुन्ना के ख़ून ने तैयार की हैं। एक बहुत बड़ा काम कर गुज़रने का दम्भ मेरे भीतर उमड़ने लगा। इसके साथ ही एक बहुत गहरी आत्मीयता भी मेरे अन्दर पैदा हो रही थी। जिसमें दादा के लिए मेरा प्यार पूरी तीव्रता के साथ घुला था। मुझे लगा दादा के लिए मैं कोई भी काम कर सकता हूँ। कुछ भी। दादा मेरे सबसे निकट थे। वे ही इसे जानते थे।

फिर वह काली नर्स मुझे बहुत अच्छी लगने लगी। उसी ने दादा को बताया होगा। अमरेन्द्र, कक्का, हरीश दा तो दुश्मन थे

मेरे, मुझे लगता है हरीश दा को अगर पता चल जाता कि दादा को ख़ून की ज़रूरत है ऑपरेशन के वक़्त, तो शायद वे ख़ुद अपना ख़ून दे देते। लेकिन तब इस लड़ाई में मैं हार जाता। फिर ज़िन्दगी–भर के लिए वे मेरे दुश्मन हो जाते। अच्छा हुआ कि डॉक्टर मदान जब ऑपरेशन थियेटर के बाहर घबराया हुआ निकला तो उसे मैं ही मिला। नहीं तो सारा खेल बिगड़ जाता। या हो सकता है हरीश दा, कक्का और अमरेन्द्र को मालूम रहा हो कि दादा को ख़ून की ज़रूरत पड़ सकती है इसीलिए वे ऑपरेशन के वक़्त खाना खाने के बहाने टरक गये हों। मेरे भीतर एक उथल–पुथल थी। मैं किसी तरह ख़ुद को बड़ा होते देखना चाहता था।

दादा का हाथ मेरे कन्धे पर जब भी था। उसमें सहारे की याचना और कृतज्ञता और गर्म आत्मीयता थी। स्नेह था। मैं कहना चाहता था।...'दादा, यह तो कुछ भी नहीं। मैं अपना गाल, जबड़ा अपने होंठ, अपनी आँखें तक तुम्हें दे सकता हूँ। अगर डॉक्टर मदान कह भर दें कि इससे दादा दुबारा दादा हो सकते हैं, उनकी शक्ल ठीक हो सकती है और वे दरियाई घोड़ा बनकर 'फाऊ–फाऊ' कर सकते हैं। मैंने दादा के हाथ को अपनी दायीं हथेली में दबा लिया। मेरा रक्त ज़ोरों से दौड़ रहा था। और उसका एक–एक बूँद दादा के लिए था। मुझे लगता है मैंने लंगूर की तरह 'हूप–हूप' किया गया होगा क्योंकि दादा ही नहीं कक्का, हरीश दा, अमरेन्द्र और वह केवल वाली नर्स, सभी लोग जो कमरे में थे, हँसने लगे थे।

लेकिन मैं भीतर से दहल उठा था। दादा की हँसी, हँसी नहीं थी। एक पिशाच या घड़ियाल का जबड़ा वहाँ फैल गया था और वह अपने गले से 'घुर्र–घुर्र' कर रहा था।

मैं उस दिन हीरो था। शतरंज में मैंने अमरेन्द्र और हरीश दा को कई मर्तबा हराया था। आज मैंने फिर से शह दी। और यह साफ़–साफ़ पैदली मात थी। सभी की गोटें पिटी हुई थीं।

मेरे बादशाह दादा थे और उन्हें मैंने अचानक एक मज़बूत किला बनाकर बचा लिया था।

ड्रेसिंग करने के बाद और चार्ट पर कुछ लिखने के बाद नर्स जाने लगी तो उसने मुझे बुलाया। अपने ड्यूटी रूम में उसने मुझे मक्खन लगे दो स्लाइस, एक उबला हुआ अण्डा और एक गिलास गाढ़ी कॉफ़ी दी। उसने कहा, 'अभी तुम्हें एक–दो हफ़्ते खूब खाना–पीना चाहिए नहीं तो कमज़ोरी आ जायेगी।'' फिर वह घर के बारे में पूछती रही। कॉलेज के बारे में। मैंने बताया मैं हमेशा फर्स्ट आता हूँ।

मैं अट्ठारह साल का था। बाज़ी मैं जीत गया था। दादा का ऑपरेशन ठीक हुआ था, वे बच गये थे। मैं ख़ुश था। बहुत ख़ुश और वह नर्स, जो केरल की नहीं अन्ध्र प्रदेश की थी, जिसका नाम डी. नीलम्मा राजुलु था, मुझे बहुत अच्छी लगने लगी थी। मैं उससे प्यार करने लगा था। मैंने स्लाइस खाते हुए मन ही मन प्रतिज्ञा की थी कि जैसे ही दादा ठीक होंगे मैं इस नर्स से शादी कर लूँगा।

दूध में प्रोटीनेक्स, ग्लूकोज मिलाकर उसे सीरिंज में भर लिया जाता फिर फीडिंग ट्यूब के ज़रिये उसे दादा के पेट में पहुँचा दिया जाता। यही उनका आहार था। दादा को अन्न ख़ाने की बेतरह इच्छा होती रही होगी। दाल, भात, आम का अचार, थोड़ा–सा घी और भिण्डी का खुथीमा, मछली–खट्टी शोरबे वाली, और भुना हुआ कुरमुरा पापड़। लेकिन दादा मजबूर थे। बहुत बड़ी थी उनकी मजबूरी। वे बोल तक नहीं सकते थे। उनके होंठों से लार बार–बार बहकर बाहर निकलती। एक तौलिया रख दिया गया था जिससे वे उसे पोंछते। होंठ ढीले होकर झूल गये थे इसलिए कोई रोक–टोक नहीं रह गयी थी।

रात थी। बिजली चली गयी थी। पूरा अस्पताल अँधेरे में डूबा हुआ था। पंखे बन्द थे। मरीज़ों के बीमार पसीने की गन्ध के साथ दवाइयों और पट्टियों की गन्ध घुल–मिल गयी थी।

हरीश दा, अमरेन्द्र, कक्का बाहर बरामदे में सो रहे थे। दादा जगे हुए थे। मैंने कमरे में मोमबत्ती जला दी थी और स्टूल पर बैठा हुआ था। बहुत देर से मैंने दादा की तरफ़ देखा नहीं था।

मैंने देखा, फिर जड़ हो गया। एक पत्थर की तरह, जिसके भीतर भय की झुरझुरी दौड़ रही हो। मोमबत्ती की पीली रोशनी में दादा का चेहरा डरावना और अपरिचित लग रहा था। इस आदमी को मैंने कभी नहीं देखा। क्या यह सचमुच आदमी ही है? कौन हो तुम? मैं चीख़ना चाहता था। अगर दादा को अभी आईना दिखा दूँ तो? क्या वे बर्दाश्त कर सकेंगे? मैं डर गया था। यह दादा नहीं थे। दरियाई घोड़ा, हनुमान, राक्षस, पिशाच, मगरमच्छ सब एक साथ सामने के पलंग पर, एक शरीर बनकर लेटे हुए थे। लगता है, हमारे बचपन के दिनों में, जहाँ वे दरियाई घोड़ा बनते–बनते मौक़ा चूक जाते थे और हमारी जीत हो जाती थी, आज वैसा नहीं होने दिया दादा ने। लेकिन यह उनकी भी हार थी। बहुत बड़ी। मैंने सोचा, मोमबत्ती उठाकर ऐसी जगह रख दूँ कि उनका सिर अँधेरे में डूब जाय?

लेकिन मैंने देखा वे बुला रहे थे। मैं चीख़ सकता था। लेकिन उस डरावने चेहरे में इतनी याचना–भरी असहाय, करुणापूर्ण आँखें थीं कि मैं भीतर से पिघल उठा। वह लाचारी असहनीय थी जो दादा की आँखों से झाँक रही थी। फुटपाथ में किसी भयानक कोढ़ी को, जिसका आधा चेहरा गल गया था, भीख माँगते मैंने देखा था। वैसी बल्कि उससे भी ज़्यादा डरावनी लेकिन दयनीय आँखें।

मैं उठकर गया। दादा ने मुश्किल से अपनी बायीं हथेली पर दायें हाथ का अँगूठा रखा और उसे घिसने लगे। ''क्या'' मैं ज़ोर से बोला। ''ऐसे में? ऐसी हालत में?'' उनकी आँखों में याचना और गहरी होती गयी। वे मुझसे भीख माँग रहे थे। दादा बहुत मज़बूत आदमी थे। कसी क़द–काठी के, हट्टे–कट्टे, बिगड़ैल और दबंग। घर ही नहीं, घर के बाहर भी उनका रौब–दाब हुआ करता था। दादा के चेहरे पर ऐसी दीनता मैंने पहली बार देखी थी।

मोमबत्ती की पीली थरथराती रोशनी में एक भयानक विरूप चेहरे में झाँकती आँखों की दीनता। ये आँखें दादा की थीं। दादा मेरे पिता थे। लेकिन इस चेहरे और इस आँख से मैं अपरिचित था।

मैंने उनके धड़ की ओर देख जो अस्पताल की पलंग पर पड़ा हुआ था। उसके ऊपर सफ़ेद चादर थी। फिर उनके हाथ, जो ऑपरेशन के बाद ख़ून की कमी से या लम्बी बीमारी से ज़र्द हो गये थे। उनमें नीली नसों के जाल उभरे हुए थे, कमज़ोर रोशनी के बावजूद मैं उन्हें देख सकता था। मैंने देखा उनके नाख़ून बढ़ गये थे और उनमें मैल भरा हुआ था।

दादा ने दुबारा वैसा ही किया। मैं अब सचमुच रो देना चाहता था। उठकर बाहर गया। कक्का की नाक गुर्रा रही थी। हरीश दा रेडियो सुनते–सुनते सो गये थे। बहुत ही मुद्धिम आवाज़ में रेडियो अब भी बज रहा था। मैंने उसे बन्द किया। कक्का की थैली से तम्बाकू–चूना निकाल मला और बनाकर दादा के पास ले गया।

दादा ने चुटकी में तम्बाकू लेकर, मुँह में रखा। उसे मुँह कहें तो लार का बहना ज़रा देर के लिए रुका। वे सन्तुष्ट हो गये, जैसे लम्बे तनाव से राहत मिली हो। अब वे मेरी तरफ़ नहीं देख रहे थे। सारी दीनता ग़ायब हो गयी थी। अब वे फिर से एक मजबूर आदमी थे। निर्लिप्त। मैंने मोमबत्ती की जगह बदल दी। दादा का चेहरा ठीक हो गया। मैं उन्हें फिर लौटा लाया।

दादा, तुम अब कुछ नहीं बन सकते। कुछ भी। अब तुम दादा हो सिर्फ़। और ऐसे ही अँधेरे में, जब ठीक–ठीक रोशनी नहीं होगी तब भले ही कुछ जादू–वादू कर लो, कोई दाँव खेल जाओ नहीं तो समझ लो सारा खेल ख़तम। अब बनना लूंगर। तोड़ना खपड़े, हड़कम्प मचाना दारू पीकर घर में। फेंकना लोटे–थाली। गये वे दिन दादा जब तुम फाख़्ते उड़ाते थे।

मैं जब सोने गया, सिर इतना भारी था कि दर्द होने लगा था। पलकों पर जैसे ज़ोर–ज़ोर से भाप छोड़ी जा रही हो गर्म–गर्म। और तकलीफ़देह। ऐसे तनाव और चिन्ता में सपने नहीं होते,

एक अँधेरा होता है रात–भर लम्बा, जो दुख की तरह सारी नींद और छाती में फैलता जाता है। स्याह चादर। यह कालापन रात का होता है या उम्र के अँधेरे का फ़ैसला मुश्किल है। बहरहाल।

सुबह जब कमरे में कोई नहीं था, दादा ने चेहरे को फिर वैसा ही निरीह बनाया। आँखों में वैसी ही याचना, अभ्यर्थना, भिखमँगापन। फिर यह सिलसिला चल निकला। दादा ने मेरी कमज़ोरी पकड़ ली थी। अकेला होते ही मैं उनके दाँव के नीचे आ जाता था। अपनी मौजूदा हालत का वे भरपूर फ़ायदा उठा रहे थे। बल्कि यह उनके लिए एक अस्त्र बन गया था। इतने शातिर और चालाक तो दादा जीवन में नहीं थे।

फिर मैं उन्हें मना कैसे करता। पता नहीं कब की तलब थी उन्हें तम्बाकू की। घर में उनके लिए हर सुबह थैली तैयार होती। मुझे भी दादा ने कभी नहीं मना किया। सर्दी के दिनों में, अम्माँ कहती बेर खाने से खाँसी हो जाती। दुर्भाग्य से बेर सर्दियों में ही पकते। दादा चुपके से जेब से निकालकर हमें बेर देते। अम्माँ एकाध भुट्टा खाते ही छुड़ा लेतीं। पेट ख़राब हो जाता है। दादा जी भर कर भुट्टे नीबू–नमक लगाकर देते। दादा हमारे मन की हर बात जानते थे, समझते थे।

चिट्ठियाँ आयी थीं। कक्का ने पहले पढ़ा। मैंने कहा, कोई ऐसी–वैसी बात हो, तो अभी दादा को न बतायी जाय। हरीश दा ने कहा कि इससे क्या होगा। डॉक्टरों ने कहा है अब ऑपरेशन के बाद कम–से–कम सात साल तक कोई फ़िकर नहीं। बहुत बड़ा ऑपरेशन हुआ। डॉक्टर मदान कह रहे थे कि उनके करियर का सबसे सफल ऑपरेशन यही है।

मुश्किल यह थी कि मेरी उम्र सबसे कम थी। मैं ऐसी–ऐसी कई बातों को जिन्हें ज़रूरी और गम्भीर समझता था, वे लोग हँसकर टाल देते थे या उन पर कोई असर नहीं पड़ता था। अब जैसे में बतलाता कि मैं दादा को तम्बाकू बनाकर देता हूँ तो

कक्का और हरीश दा मुझ पर बरस पड़ते। डाँटते। लेकिन जब मैं उन्हें बतलाता कि दादा की हालत उस समय कैसी हो जाती है, उनकी आँखों में कितनी दीनता और याचना भर जाती है–मैं किस तरह मजबूर हो जाता हूँ तो, मैं जानता हूँ, इन बातों का उनके लिए कोई अर्थ नहीं होता। वे तो दादा का इलाज करवाने आये थे। जो डॉक्टर कहता था उसे करते थे। दादा तो उनके लिए मरीज़ थे फ़क़त।

कक्का चिट्ठी पढ़ रहे थे। लिखा था, ग्राम पंचायत का, जिसमें दादा सरपंच थे, पुनर्गठन किया गया है। और पंचायत अधिकारी ने चुनाव के पहले तक के लिए भीमराज को सरपंच बना दिया है। भीमराज के साथ हमारी पुश्तैनी दुश्मनी थी। बहुत घाघ आदमी था वह। दादा अपने गाँव से आठ महीने से बाहर थे। वहाँ उनके सारे निशान मिटाये जा रहे थे। दूसरा ख़ेमा बढ़ रहा था। दादा के साथ के लोग भीमराज और तिलकराज के गुट में जा चुके हैं। एक–दो लोग जो बचे हैं वे निराश हैं कि दादा इस बार चुनाव जीत पायेंगे। पूरा गाँव ढह गया है। पश्चिमी सिवान के खेतों को जिन बँटाईदारों ने लिया था उन्होंने वहाँ हल तक नही चलाया। गाँव में किसानों के खेत में चार–चार अँगुल धान के पौधे आ गये हैं और हमारे यहाँ बोआयी तक नहीं हुई है।

सोसायटी की तरफ़ से तकाबी की वसूली के लिए काग़ज़ात आ चुके हैं। चपरासी नोटिस दे गया था। इलाज के लिए जिन तीन खेतों को बेचा गया था ख़रीददारों ने पटवारी–क़ानूनगो को रिश्वत खिलाकर बिना पूरा पैसा दिये ही पट्टा बनवा लिया है। अब ज़रूरत पड़ने पर पैसा कहाँ से आयेगा। अमरेन्द्र फिर फेल हो गया। मुन्ना का कॉलेज खुलने में दस दिन की देर है। फ़ीस देना होगा। कपड़े बनवाने होंगे। किताबें ख़रीदवानी होंगी।

मैं चीख़कर कहना चाहता था–कक्का, बन्द करो यह सब। तुम दादा के सगे छोटे भाई हो। तुम्हें पता नहीं ये एक–एक ख़बरें दादा के दिमाग़ पर भारी चट्टानों की तरह टूट रही होंगी।

मैं जानता था कि डीलडौल, रौबदाब के बावजूद दादा भीतर बहुत कमज़ोर थे। अफ़सोस था कि सिर्फ़ मैं जानता था। शायद अम्माँ ज़िन्दा होंती, तो वे जानतीं।

चिट्ठियों को पढ़ने के बाद कक्का अपनी बुजुर्गाना सलाह देने लगे। जैसे दादा के सबसे आत्मीय वही हों। हरीश दा और अमरेन्द्र बैठे हुए गम्भीरता से सुन रहे थे। दादा बोल नहीं सकते थे। लेकिन सिर्फ़ मैं देख सकता था। साफ़–साफ़ कि दादा बेचैनी से छटपटा रहे हैं और वे छुटकारा चाहते हैं। बार–बार लार बहती जाती थी। दादा ने उसे तौलिए से पोंछना भी बन्द कर दिया था। वे बिल्कुल निष्पन्द थे। निश्चल। कक्का समझा रहे थे कि कौन–सा रास्ता ठीक होगा। कैसे इन मुसीबतों से निपटा जाय। परेशानी–चिन्ता की बात नहीं है। हरीश दा और अमरेन्द्र हाँ–हूँ कर रहे थे और बीच–बीच में अपनी राय ज़ाहिर करते जाते थे। दादा ने एक बार कक्का की ओर देखा। कक्का नहीं समझ सके, लेकिन मैंने देखा कि उनमें गहरी वितृष्णा थी। वे कहना चाह रहे थे–मुझे छोड़ दो कुछ देर। मैं क्या करूँ? मेरी समझ में नहीं आता।

दिन–भर दादा निश्चल हो रहे। आँखें मूँदें। बस दो–तीन बार उन्होंने मुझसे तम्बाकू के लिए इशारा किया, लेकिन इस बार कहीं भी याचना नहीं थी। वे अपने डूबे हुए थे। कुछ सोच रहे थे। क्या सोच रहे थे दादा?

इन चीज़ों से छूट नहीं सकते आप। कुछ दिन तक न पता चलता, चिट्ठियाँ न सुनते। ठीक है। फिर इसके बाद। भले–चंगे होते ही सारी मुसीबतें आपके कन्धों पर, सिर पर, दिमाग़ की तमाम सारी नसों पर भर–भराकर गिरतीं। मैंने अपना ख़ून आपको इसीलिए दिया है, इसीलिए आपका इलाज चल रहा है, इसलिए कक्का, अमरेन्द्र और हरीश दा यहाँ टिके हुए हैं। बस जरा–सा आप ठीक हो लें फिर सारी मुसीबतें अपने दिमाग़ में रखकर हमें छुट्टी दें। हम अभी कम उम्र के हैं। जवान हो रहे

हैं। हम खेलना चाहते हैं। आवारागर्दी करना चाहते हैं। अच्छी शह लगायी है हमने। आप ठीक हो गये तो हम जीते, और आप जीते तो अपनी ज़िन्दगी से हाथ धो बैठेंगे।

दादा यह मैं नहीं हूँ आपका मुन्ना, जो सोच रहा हूँ। लगता है असलियत ही यही है, आप आपको ठीक करते हुए अपना भला करना चाहते हैं। आप ठीक नहीं होंगे तो आपका क़र्ज़ हम पटाएँगे, पम्मी की शादी हम करेंगे, ज़मीन का बोझ हम ढोएँगे। हम सरपंच कैसे बनेंगे? हम इज़्ज़त कैसे पायेंगे? एक बात कहूँ दादा, आप हमें मात देना चाहते हैं न? तो बस फुर्र हो जाइए। उड़ जाइए। या पूँछ उगाकर लंगूर की तरह इस खिड़की से फलाँग कर, अस्पताल की छत से गुज़रते हुए, जंगल में जाकर, 'हूप–हूप' कीजिए। हो जाय चमत्कार। कैसा आइडिया है?

यह रात का वक़्त था। क़रीब दस बजे, जब डॉक्टर मदान दादा को देखकर बाहर निकले तो दादा ने मुझे बुलवाया। उन्होंने एक कागज़ पर काँपते हाथों से लिखा था–'एक पाव ले आओ। डॉक्टर से पूछ लिया है।' तो...दादा इस पर भी उतर आये। अभी तक सिर्फ़ तम्बाकू तक था। अब यह भी चलेगा।

मैं नीलम्मा के पास गया। ऊँघ रही थी। मुझे देखकर ख़ुश हुई। इतनी रात ड्यूटी रूम में मुझे आते देख जाने क्या सोचा हो। उसने बताया कि तुम्हारे फादर एडिक्टेड हैं। डॉक्टर साहब ने कहा है कि अगर बिल्कुल बन्द कर दिया गया तो हेल्थ के लिए नुक़सानदेह हो सकता है। एक क्वार्टर ले आओ अच्छी व्हिस्की का और तीन–चार दिन तक थोड़ा–थोड़ा सिरिंज से देते रहो। जैसे फीड करते हैं। यह भी उसने बताया कि इसीलिए उनका एपिटाइट ठीक नहीं रह पाया है और इलाज में भी वे अच्छी तरह रिस्पांस नहीं दे रहे हैं।

कक्का को पता चला तो बिगड़े। तुम लगता है भइया को ठीक नहीं होने दोगे। ऐसी सोहबत–मोहबत ठीक नहीं होती।

मैंने कहा डॉक्टर ने कहा है। नुक़सान नहीं होगा। कक्का ने कहा, मैं और हरीश सोचते थे कि इस इलाज के फेर में चलो पीना तो छूटा, लेकिन लगता है ऐसा होगा नहीं। बिधि जो लिखा लिलार पर।

मैं लेकर आया तब तक ग्यारह बज रहे थे। दादा जगे हुए थे। लग रहा था जैसे इसी के इन्तज़ार में रहे हों। मैंने जेब से निकालकर स्टूल पर रखा तो दादा खिल उठे। उन्होंने इशारे से बोतल माँगी। उसे पढ़ते रहे। ओल्ड मांक। ख़ुश रहे होंगे कि देखो शीशी के ऊपर पादरी बना है।

उन्होंने फिर संकेत किया। पिलाने के लिए। मैं दहल गया। एक विचित्र–सी वितृष्णा मेरे भीतर भर उठी। दादा हमेशा हम लोगों से छिपाकर पीते थे। कभी सामने नहीं पी। नशे में धुत होते, कै करते, लेकिन हम लोगों को देखकर कहते, मुन्ना यह आख़िरी बार है। अब छोड़ दूँगा। कभी–कभी वे नशे में होते हुए भी यह जान जाते कि हम जान गये हैं कि उन्होंने पी रखी है। ऐसे में वे गुस्से से बौखलाकर कहते–यहाँ क्या काम है। मेरे सिर पर मँडरा रहे हो। जाओ, बाहर जाओ। लिखो–पढ़ो।

यह पहली बार था कि मुझे ख़ुद उन्हें शराब पिलानी पड़ रही थी और उन्होंने भी इतनी बेशर्मी से मुझसे यह काम करने के लिए कहा था। अच्छा होता यह काम कक्का कर देते या नीलम्मा कर देती या डॉक्टर मदान। मैंने कहीं पढ़ा था कि नशे की लत आदमी के व्यक्तित्व को इतना पतित कर देती है कि वह किसी भी हद तक उतर सकता है। दादा के साथ भी यही लगता है यही हुआ था। उनकी आत्मा मर चुकी थी?

मैंने सिरिंज भर लिया और फीडिंग ट्यूब से उन्हें पिलाने लगा। मैं जानता था कि उन्हें कोई स्वाद नहीं मिल रहा होगा क्योंकि शराब सीधे हलक के नीचे आहार नली तक पहुँच रही है। वहाँ कोई स्वादेन्द्रियाँ तो रहती नहीं हैं। फिर भी दादा के चेहरे से लग रहा था उन्हें राहत मिल रही थी।

डॉक्टर साहब ने जो मात्रा बताई थी, उतनी देने के बाद मैं बन्द करना चाहता था कि दादा भिखमँगे बन गये। बीमार आदमी की आँखों में प्रार्थना। एक लिजलिजी गिड़गिड़ाहट। थोड़ा–ऐ मुन्ना, बस थोड़ा–सा और, एक बेट्टी ज़रा–सा, बस इत्ता। वे हाथ उठाकर उँगलियों से भीख की मात्रा बता रहे थे। मैंने लगभग पूरा ही क्वार्टर उनके भीतर उँड़ेल दिया और भाग खड़ा हुआ।

ऑपरेशन हुए दस दिन हो रहे थे। तब से पेट में अन्न का एक दाना भी नहीं गया। लिक्विड फूड से क्या होता है? कमज़ोरी बहुत थी। ख़ाली पेट में इतनी व्हिस्की। अगर दादा को कुछ हुआ तो मैं अपने आप को ख़त्म कर लूँगा। भीतर से कहीं गहरा अपराध–बोध, पाप–बोध मुझमें भरा। कक्का, हरीश दा सचमुच दादा के हितैषी हैं। वे कभी नहीं चाहेंगे कि कुछ भी ऐसा हो जिससे दादा की तबीयत फिर बिगड़े।

और मैं। दादा के सबसे पहले होने का दावा करने वाला मुन्ना, उनके साथ इस खेल के किस घृणापूर्ण दौर में पहुँच गया। मैंने पाप किया है। हे ईश्वर, दादा को कुछ न हो।

दादा नशे में थे। मैं एक बजे रात टॉयलेट जाने के लिए उठा। टॉयलेट उसी कमरे में अटैच्ड था। देखा दादा जगे हुए थे। उन्हीं के बेड के पास जाना था। मैं वहीं से निकलने लगा तो दादा ने हाथ पकड़ लिया। वे बोल नहीं सकते थे। गले से लेकर गाल तक ऑपरेशन का घाव था। जीभ पथराई हुई थी। होंठ ढीले थे। फिर भी मैंने सुना–"फी फाऊ, खा–खा" जैसी भयानक आवाज़ निकाली। वह गुर्राहट थी, या प्रार्थना, या याचना। मैं सकते में था। उनका चेहरा मेरी आँखों के सामने घूम गया। राक्षस, दरियाई घोड़ा, मगरमच्छ...शेर। मैं डर के मारे चीख़ना चाहता था।

लेकिन नहीं। दादा रो रहे थे। फूट–फूट कर। मेरे हाथ पर गर्म आँसू गिर रहे थे। मैंने दादा के सिर पर हाथ रखा। तो यह पहाड़ आख़िर पिघल उठा। बर्फ़ था यह, मुझे शुरू से शक था। कितना हौसला होता। ज़ब्त की भी एक सीमा होती है।

रात थी यह बारह जुलाई की। एक से ऊपर का वक़्त। मैं भी रो रहा था। मैं क्या दे सकता हूँ तुम्हें दादा। कहो तो मर कर तुम्हें बचा लूँ। ऐसा हो सके तो। मैं जानता हूँ। तुम्हारे जाते ही घर बिखर जायेगा। हरीश दा, अमरेन्द्र, पम्मी...कोई मुझे नहीं जानता। कौन हैं ये लोग? तुम जब तक हो तभी तक। तुम्हारे बाद मुन्ना–एक गुमसुम, लापरवाह लड़का।

दूसरे दिन जब शहर से साबुन वग़ैरह सामान लेकर लौटा तो कमरे में कक्का, अमरेन्द्र, हरीश दा थे। हरीश दा सन्तरे छीलकर रस निकाल रहे थे। दादा के लिए कक्का चिट्ठी पढ़ चुके थे। दादा का चेहरा थरथरा रहा था। वे जड़ हो गये थे। बिल्कुल निढाल।

चिट्ठी में था कि हमारी निम्मो बुआ, दादा की सबसे चहेती बहन, ससुराल से लौट आयी है। फूफा ने उन्हें घर से निकाल दिया है। पीठ और बाँह पर सलाख और सिक्के से दागने के निशान हैं। अमरेन्द्र का एडमिशन अब नहीं होगा। दूसरी बार वह फेल हुआ है। अब प्राइवेट परीक्षा देनी होगी। पम्मी को लेकर गाँव में बातें फैल रही हैं। खेती तो चौपट ही हुई। घर का पिछवाड़ा जो पिछले आषाढ़ में गिरा था वहाँ किसी तरह से कँटीली झाड़ियों की बाड़ लगा दी है, लेकिन घर में कोई सुरक्षा नहीं। कोई आड़ नहीं। हज़ार दो हज़ार हों तो मरम्मत हो। लोग कहते हैं सरकारी तकाबी का रुपया बहुत दिनों तक नहीं अटका सका। डिग्री हो जायेगी। कक्का ने ही चिट्ठी पढ़ी। हरीश दा चुप बैठे थे।

ये सब गिद्ध हैं। चमरगिद्ध। आदमखोर। मैं कैसे समझाऊँ कि कक्का तुम ठीक नहीं कर रहे हो। हरीश दा, अमरेन्द्र, तुम सब लोग कुछ तो समझो।

दादा ने चार बजे से ही माँगना शुरू कर दिया। नीलम्मा परेशान थी। इतना पीते हैं, बाप रे बाप। उसने कहा नौ से पहले मत देना, मना कर दो।

मैंने ज़ोर से कहा–डॉक्टर ने मना किया है दादा। अभी नहीं मिलेगा आप कमज़ोर हैं।

दादा का पूरा धड़ थरथराया। वे उठकर बैठ गये। पहली बार ऑपरेशन के बाद उठकर बैठे थे। उनका चेहरा दर्द से ऐंठ गया था। वे सचमुच भयावह लग रहे थे। गहरी घृणा और क्रोध उनकी आँखों में था। तू भी मुन्ना? उन्होंने गुस्से में नाक से फीडिंग ट्यूब खींचकर फेंक दी। पीड़ा से वे लगभग चीख़ पड़े। फिर उन्होंने पलंग के नीचे उतरने की कोशिश की। हाथ से अपनी पट्टी नोचने की कोशिश की, लेकिन वह घाव से चिपकी हुई थी। वह लड़खड़ाते हुए खड़े हुए। कमज़ोरी इतनी थी कि ख़ुद का शरीर नहीं सँभला और फ़र्श पर गिर गये। बेहोश हो गये थे।

आधे घण्टे बाद दादा ठीक हुए। फीडिंग ट्यूब फिर उनकी नाक में लगाई गयी। वे हार चुके थे। उन्होंने आत्मसमर्पण कर दिया था। जो चाहो कर लो मेरे शरीर के साथ। उन्हें फिर लिक्विड फूड दिया गया। मौसमी, सन्तरे का रस। अण्डे का पतला घोल। वे स्वस्थ लग रहे थे। रात नौ बजे डॉक्टर के कहने पर उन्हें थोड़ी–सी ब्रांडी दी गयी। दादा बिल्कुल ख़ामोश थे।

तीन दिनों बाद से दादा को कोई सिंकाई के लिए ले जाना था। कोबाल्ट थेरपी। डॉक्टर मदान ने उन्हें चेक किया और परेशान हो गये। लगता है सैप्टिक हो गया है। मवाद आ रहा है। अभी सिकाई नहीं हो सकती। इलाज खिंचने लग गया।

दादा ने मुझे लिखकर दिया–चिट्ठी आयी है। कॉलेज खुल गया है। तुम जाओ मैं एक महीने में ठीक होकर आ जाऊँगा। रुपये लल्लू से ले लेना। मैं उसे अलग से लिख रहा हूँ। हमारे कुछ रुपये उसकी तरफ़ निकलते हैं। दो सौ इधर भेज देना। ज़रूरत पड़ेगी।

सवेरे दादा की नींद जल्दी नहीं खुली। मेरा टिकट आ गया था। बारह बजे मेरी ट्रेन थी। दस तक दादा सोते रहे। डॉक्टर मदान एक बार लौट चुके थे। सवा दस बजे दादा को जगाया,

लेकिन उनकी आँखों में पहचान नहीं थी। वे किसी की तरफ़ देखते हुए नहीं लग रहे थे। जिस दिन ऑपरेशन हुआ था उसी दिन जैसी हालत थी।

मुझे लगा वे थोड़ा–सा हँसे। लंगूर बने होंगे। वे कुछ देख रहे थे। कुछ खोज रहे थे कहीं। अँधेरे की आकृतियाँ रही होंगी। मैं ज़रूर होऊँगा उस अँधेरे में अम्माँ के साथ। ठीक से देखो दादा। अमरूद के पेड़ा पर चढ़ा हुआ जो डाल हिला रहा है ज़ोर–ज़ोर से वह मैं हूँ। देख, नदी से केकड़े पकड़कर तुम्हारे सामने छोड़ रहा हूँ। तितली की कमर में धागा बाँधकर मैं उड़ रहा हूँ, जिन्दा पतंग। इधर देख, तेज़–तेज़ घूमती गोल चकरी के उस नीले काठ के घोड़े पर कौन बैठा है? पहचाना? वह मैं हूँ दादा, मुन्ना। और पीछे देख तीसरे लाल घोड़े पर हरीश दा... फिर अमरेन्द्र...पम्मी उधर खड़ी हैं, गन्ने वाले के पास। अब हम डरने से रहे। बनो तो भला हनुमानजी। और डराओ। हमें। एक थप्पड़ में 'फुर्र–फुर्रर्रर्र' सारी हवा निकल जायेगी।

डॉक्टर मदान गम्भीर थे। उन्होंने मेरे कन्धे पर हाथ रखा। उनके साथ कक्का, हरीश दा भी बाहर निकले। डिलीरियम है। लगता है थोड़ी देर बाद कॉमा में चले जायेंगे। घबराने की कोई बात नहीं है। डॉक्टर के बस में बहुत कम चीज़ें होती हैं। मरीज़ ही ठीक होता है। कॉपरेट करना छोड़ दें, रिस्पांस न दे तो मुश्किल हो जाता है। इसे जायंडिस हो गया है। बहुत डेलिकेट सिचुएशन है। सैप्टिक अलग। कोबाल्ट थेरपी भी नहीं हो पा रही है। क्या करें? देख, घबराने से कुछ नहीं होगा। हम पूरी कोशिश कर रहे हैं।

मैं रहकर भी क्या कर लेता? उम्मीद थी दादा फिर ठीक होंगे। ग्यारह बजे मैं फिर कमरे में गया। दादा कॉमा में थे। पैर छुये। माथा वहीं रख दिया। मैं रो रहा था। कई वर्ष का रोना एक साथ। ज़ोरों से रो रहा था। नीलम्मा सिर थपथपा रही थी। अब कुछ नहीं बचा था। मैं मात खा चुका था। दादा ने शातिर चालाकी की।

नीलम्मा से मैं कहना चाहता था, कुछ भी करो। मैं जो कुछ कर सकता हूँ बताओ। ऐसा मत होने दो। अभी बहुत ख़ून है मेरे पास। तुम नहीं जानती दादा को। एक बार बात करा दो, मैं उन्हें शह दूँगा।

बारह बजे ट्रेन थी। कक्का ने कहा जाओ। भगवान ठीक करेंगे। जब अस्पताल आये थे तो इससे भी बुरी हालत थी। डॉक्टर ने कहा है एक हफ़्ते में जायंडिस ठीक कर लेंगे। पढ़ाई में मन लगाना।

जब प्लेटफार्म पर था तब याद आया कि दादा की नाख़ून बहुत बढ़ गये थे और उनमें मैल भरा हुआ था। मैंने अपने मुँह के दोनों छोरों पर उँगलियाँ फँसायीं, और खींचा...और मेरा जबड़ा फैल गया। दरियाई घोड़े की तरह। मैं फूट–फूट कर रो रहा था, प्लेटफार्म पर। भीड़ के बीच अब तमाशा था मैं।

मौसाजी

मौसाजी को सिर्फ़ मैं ही नहीं, मोहल्ले के लगभग सारे लोग मौसाजी ही कहते थे। सागर में एक तिराहा है जिसे तीनबत्ती कहते हैं। इससे आगे बढ़ने पर एक चढ़ाई पड़ती है। सागर वैसे भी एक ऊँचा–नीचा शहर है, भोपाल जैसा। वहाँ रिक्शे नहीं चलते। ताँगे या टैक्सियाँ सवारी ढोती हैं। इस चढ़ाव के ख़त्म होने के जरा पहले बायीं ओर एक तंग गली खुलती है। इस तंग गली में घुसने पर अमोनिया की तीखी गन्ध नथुनों में भर जाती है। इस गली के दोनों ओर ऊँची दीवारें हैं जिन पर हाजमा, गुप्त रोग, पंखे, बीड़ी, सुरमा, दन्तमंजन आदि के विज्ञान पन लिखे हुए हैं। ये दीवारें दरअसल ऊँची बिल्डिंगों पिछवाड़े है जहाँ संडास, स्नानघर के पाइप खुलते हैं।

यह तंग गली जहाँ ख़त्म होती है वहाँ राखड़, कचड़ा और टूटी–फूटी ईंटों भरा हुआ एक छोटा–सा मैदान है। इस मैदान में वे लोग दिशा त्याग के लिए बैठते हैं जिनके पास अमूमन संडास जैसी सुविधाएँ नहीं होतीं। इससे थोड़ा आगे चलकर एक लगभग गाँव है, पछीतटोला। मौसाजी यहीं रहते हैं।

मौसाजी से मिलना कोई दुर्लभ उपलब्धि नहीं है। आप शहर जा रहे हों, बाज़ार से लौट रहे हों, दफ़्तर की ओर साइकिल के पैडल मार रहे हों, फ़िल्म देखकर घर लौट रहे हों या कॉलेज जा रहे हों, मौसाजी आपको बदस्तूर ईंटहे मकान की ड्योढ़ी के पास पुरानी–सी खटिया पर बैठे दिख जायेंगे।

जब कोई उस गली से गुज़रता है तो मौसाजी उसकी ओर एक याचना–भरी उतसुक मुद्रा से देखने लगते हैं। अब इस देखने में एक निरीह लालच होता है जैसे भूखा बच्चा मिठाई को देखता है। हर आदमी इसका अर्थ समझता है और दाँत निकालकर दायाँ हाथ उठाते हुए तेज़ आवाज़ में कहता है, ''मौसाजी, जयहिन्द!'' मौसाजी सन्तुष्ट हो जाते हैं और चुपचाप बीड़ी फूँकने लगते हैं। अगर कोई हड़बड़ी में हो, कहीं जल्दी पहुँचने की बेताबी में जा रहा हो और मौसाजी के अस्तित्व को भूलकर गुज़र जाये तो मौसाजी के हृदय में गहरी वेदना पैदा होती है। दुःख से वे अव्यवस्थित हो जाते हैं और होंठों–ही–होंठों में कुछ बुदबुदाने लगते हैं।

मैं सागर में नया था। नौकरी भी नयी थी। पछीतटोला की जनगणना में गया, वोटरलिस्ट तैयार हो रही थी, तो मौसाजी से भेंट हुई। उन्होंने मुझे अपनी ढीली–ढाली खटिया में अपने पोते की तरह बिठाया। पता चला उनके घर में कुल चार प्राणी हैं। एक मौसाजी और उनके तीन बेटे। दो बेटे दूर शहरों में नौकरी करते थे और सबसे छोटा लड़का यहीं कॉलेज में पढ़ रहा था। खाना–पीना मौसाजी ही पकाते थे।

मौसाजी से मेरी मुलाक़ात दिलचस्प थी। उन्होंने कहा, ''बेटा कभी हमारा ज़माना हतो। वे दिन तो भइया, फुर्र भये। तब अंगरेज़ी हुकूमत हती। हम सब आज़ादी के परवाने हते। समझ लो, बस दिन–रात, एक–ई धुन। गाँधी बब्बा को नाम, भजन–कीर्तन, उपास और सस्ती खादी का चोला। 'अंगरेज़ो, भारत छोड़ो' अब गाँधी बब्बा ने कही तो बाइसराय साहब हमारी कोठी पर आये, का बतायें बेटा, का ठाट–बाट, लव–लश्कर, साज–बाज हतो। बाइसराय हमारे सामने हाथ जोड़ के एक पाँव में ठाड़े भये और कहन लगे, 'मौसाजी' अब तुम्हई हमें खों बचाय सकत हो। गाँधी बब्बा तुम्हारी बात बहुत मानते हैं–अब तुम्हई उनखों समझाओ। हमखों इतै, हिन्दुस्थान में रहन दयौ।' हमने उनसे एकई बात

बार–बार कही, 'लाट साहेब', आप तो हाकिम–हुक्काम हो, जे तो सिद्धान्त की बात आय। तिलक बब्बा ने जौन बात कही, गाँधी बब्बा भी ओई बात कै रहे हैं कि भाई आज़ादी तो हमाओ जनमसिद्ध अधिकार आय।' तो बेटा बाइसराय की आँखिन में पानी भरि गयो। बे रोबन लगे। हमारे पाँव पकड़ लयी। पै हम सिद्धान्त से टस्स–से–मस्स ना भये।''

मैं उनकी हाँ में हाँ में मिलाता जा रहा था।

मौसाजी के घर की हालत भी पस्त थी। ज़मीन–जायदाद थी नहीं। बस यही पुराना, ईंट का बना मकान था जिसकी एक अँधेरी कोठरी को उन्होंने बीस रुपये महीना किराये पर उठा दिया था। प्राइमरी स्कूल का एक मास्टर उसमें रहता था।

मैं जनगणना वाले फार्म में लिखने बैठ गया। कई खाना–पूरियाँ करनी थीं। मौसाजी भीतर गये और थोड़ी ही देर में लौट आये। कपड़े का एक चौकोर–सा पुलिन्दा उनके हाथ में था। वे खटिया में उसे रखकर काँपते हाथों से खोलने लगे।

मौसाजी के सिर पर एक भी बाल काला नहीं था। मकई के भुए की तरह उनके बाल सफ़ेद थे। भौंहे, बरौनियाँ और हाथ के रोयें तक सफ़ेद थे। चमड़ी में मिचुड़े हुए कपड़े–सी झुर्रियाँ थीं। उनकी आँखों में हमेशा मटैला पानी छलछलाता रहता था और पुतलियाँ उसके उसके नीचे थरथराती रहती थीं। इसके बावजूद उनकी आँखों की रोशनी ज़रा भी मद्धिम नहीं हुई थी। उनका सिर, दस–पाँच मिनट के बाद थोड़ी देर के लिए दायें–बायें हिलने लगता था।

उन्होंने कपड़े की गठरी से कागज़ निकालकर खटिया पर फैला दिये। वे बहुत पुराने समय के पर्चे और ख़त आदि थे, उन्होंने कहा, ''बेटा, हमसे उन दिन की बात मत पूछो, कित्ता जोश हतो हमारे ख़ून में...न रोटी की फ़िकर, न जर–जोरू की फ़िकर। बस जुलूस औ' झण्डा। अंगरेज़ सरकार बड़ी जालिम हती। हमखों कितेक बार पुलिस ने मारा। और मारने वाले कौन

हते? जेई, हमारे भाई–बिरादर...हिन्दुस्थानी, अपनोई कौम औ' मुलुक के लोग। मगर गाँधी बब्बा कहने लगे कि इनकी भी कौनों ग़लती नईं। जे तो नमक बजाय रहे हैं।'' मौसाजी ने एक तह किया हुआ, धुआंया–सा अख़बार बाहर निकाला और बोले, ''तनक जे अख़बार तो देखो।''

मैंने उस अख़बार को देखा। सन् पचास का कोई लोकल अख़बार था। अख़बार में एक लेख छपा था–'स्वतन्त्रता सेनानी माया प्रसाद 'हितैषी'। नीचे मौसाजी की तस्वीर थी। लगभग अट्ठाईस साल बीत चुके थे। तबमौसाजी अधेड़ थे।

मौसाजी ने अपना सिर झुकाया और बोले, ''इतै पर देखो। पूरी खोपड़ी खोल दई थी पुलिस ने डण्डा सों मार–मार कै। अब भी बरसात में कमर की जोड़ दुखन लगत। बड़ी जुलम भई जनता पै उन दिनों। जब गणेश शंकर विद्यार्थी मारे गये तब हम उतै पर रहे। साथ–ई–साथ, हमने एक साथ चाय पी हती। हमखों का मालूम हतो कि गणेश भइया तनक देर बाद दुनिया–जहान छोड़ के चले देहें...का बतायँ भइया...''

मौसाजी के बारे में पछीतटोला के लोगों ने बाद में बतलाया कि वे इसी तरह की बातें अपने दिमाग़ से गढ़ते रहते हैं। दुनिया के हर बड़े आदमी के साथा उनकी दांत–काटी रोटी की दोस्ती है। दादा भाई नौरोजी से लेकर मोरारजी देसाई तक उनके रिश्ते में कहीं–न–कहीं से निकल आते हैं। मौसीजी पहले काँग्रेस के मामूली वालंटियर थे। भाषण वग़ैरह दे लेते थे। उन दिनों दो–चार मिनट हाँफ–हूँफ कर बोल लेना बहुत बड़ी बात थी। सत्याग्रहियों पर एक बार जब सरकारी मार पड़ी तो मौसाजी तीन बत्ती के तिगड्डे से चुपचाप भाग रहे थे। धक्का–मुक्की में कहीं गिर गये और सिर फट गया। बाद में वे उसी अस्पताल में भर्ती किये गये थे, जहाँ दूसरे वालंटियर थे। 'पॉलिटिकल सफ़रर्स' की सूची में भी कहीं मौसाजी का नाम नहीं था।

मैंने बहुत सोचने की कोशिश की, लेकिन मौसाजी में

पागलपन अथवा विक्षिप्तता के कोई लक्षण नहीं थे। वे बिल्कुल स्वस्थ और सामान्य थे। बिला नागा हर रोज़, सुबह उठकर खेलावन पनवाड़ी की दुकान तक जाते और एक घण्टा वहाँ बैठकर दो–तीन बीड़ियाँ फूँक डालते थे तथा अख़बार पढ़ लेते थे। उनकी याददाश्त बहुत तेज़ थी। वे आज़ादी के पहले की लगभग सभी घटनाओं का यथातथ्य वर्णन करते थे। फ़र्क़ बस यही होता था कि उन घटनाओं के बीच कहीं–न–कहीं वे स्वयं को जोड़ देते थे।

उन्होंने बताया कि उनके दोनों बड़े लड़के बहुत ऊँचे ओहदों पर हैं। बड़ा लड़का महेंदर बिड़ला के ओरिएंट पेपर मिल का मैनेजर है और दूसरा लड़का राजेन्दर जंगल विभाग में रेंजर है। लेकिन वे स्वयं उन पर कोई बोझ नहीं बनना चाहते। अपना काम वे स्वयं करना चाहते हैं, ऐसा ही उनका उसूल है। सबसे छोटा लड़का नरेन्दर भी तरक़्क़ी करेगा। वह पढ़ने–लिखने में बहुत होशियार है। बहुत सीधा–सादा और विनम्र लड़का है।

उन्होंने बताया कि उनके तीनों लड़के 'श्रवणकुमार' हैं। बिना मौसाजी की आज्ञा के वे कोई भी काम नहीं करते। छोटी–मोटी घरेलू बात भी होती है तो ज़रूर चिट्ठी लिखकर उनकी राय पूछते हैं। पोता–पोती हों तो मौसाजी ही उनके नाम सुझाते हैं। उनके बेटे भी उन्हें मौसाजी कहते हैं।

बड़े–बड़े मन्त्री और नेता–हाकिम मौसाजी के परिवार को जानते हैं। एक बार किसी ने राजेन्दर को झूठे मामले फँसाकर मुख्यमन्त्रीजी के पास अर्ज़ी भेज दी। मुख्यमन्त्रीजी को जैसे ही पता चला कि राजेन्दर, माया प्रसाद 'हितैषी' का लड़का है, उन्होंने कह, "यह सब झूठ है, अर्ज़ी भेजने वाला असल बदमाश है और किसी रंजिश का बदला निकालने के लिए मौसाजी के ख़ानदान को कलंकित करना चाहता है।"

मौसाजी बताते हैं कि उनके बड़े लड़के के पास कोठी है,

मोटर है, नौकर–चाकर हैं। बिड़ला महेन्दर को अपने बेटे की तरह मानते हैं। बैंक में बिड़लाजी का सारा रुपया जमा करने और निकालने का काम महेन्दर ही करता है। जब उसकी शादी हुई तो बारात में बिड़ला भी गये। मौसीजी ने बताया कि बिड़ला गोरेचिट्टे, बहुत ही सीधे–साधे आदमी हैं। फटे–पुराने कपड़े पहनते हैं और घमण्ड उन्हें छू तक नहीं पाया है। बड़े परोपकारी हैं।

पछीतटोला के लोगों से मुझे जिस वास्तविकता का पता चला वह कुछ और थी। असलियत यह थी कि मौसाजी का बड़ा लड़का महेन्दर आठवें दर्जे में कई बार फेल होने के बाद होमगार्ड्स की ट्रेनिंग में भर्ती हो गया था और अब पेपर मिल में मामूली चौकीदार है। दूसरा लड़का फॉरेस्ट गार्ड था और सबसे छोटा नरेन्दर कॉलेज तक तो पहुँच गया था। लेकिन पढ़ने–लिखने में उसकी दिलचस्पी कम ही थी। वह दिनभर आवारागर्दी करता था और रात में जुए के अड्डों में बैठकर नाल के पैसे वसूलता था।

तीनों लड़के मौसाजी से बहुत बुरा सलूक करते थे और कभी उनकी सहायता नहीं करते थे। कभी–कभी बड़ा लड़का महेन्दर पच्चीस–तीस रुपये उनको भेज दिया करता था।

एक बार मौसाजी बीमार पड़े तब उनके किसी लड़के ने उन्हें झाँककर नहीं देखा। पछीतटोला के ही लोग उन्हें खटोले में उठाकर अस्पताल ले गये। उनका इलाज करवाया। लेकिन मौसाजी जब ठीक हो गये तो कहने लगे कि उनके बड़े लड़के महेन्दर को जैसे ही पता चला कि मौसाजी बीमार हैं, वह घबड़ा गया। उसने तुरन्त अस्पताल के सबसे बड़े डॉक्टर को फ़ोन किया। डॉक्टर भागे–भागे आये और कार में मौसाजी को अस्पताल ले गये। महेन्दर फ़ोन–पर–फ़ोन करता रहा। चिन्ता के मारे वह दूसरे दिन जब अपने दफ़्तर नहीं पहुँचा तो बिड़लाजी ने तफ़तीश की। जैसे ही उनको पता लगा कि मौसाजी बीमार हैं और अस्पताल में भर्ती हैं, उन्होंने भी बड़े डॉक्टर को फ़ोन किया। उन्होंने यह भी कहा कि अगर बीमारी डॉक्टरों के बस

में न हो तो वे साफ़–साफ़ बता दें। वे मौसाजी को विदेश भेज सकते हैं। डॉक्टरों ने जी–जान लगा दिया। पाँच दिन में ही मौसाजी चंगे हो गये।

मैंने कई बार महसूस किया कि मौसाजी अपने साथ एक कारुणिक मज़ाक़ कर रहे हैं। उन्होंने अपने इर्द–गिर्द एक झूठा संसार निर्मित कर लिया है, जिसे वे अन्तिम सच के रूप में मान बैठे हैं। काश, उनके पास पछीतटोला का कोई आदमी जाता और पूरी इत्मीनान के साथ; खरी भाषा में उनको समझाता–"मौसाजी आप जहाँ, जिस हालात में रहते हैं उसे जानिए। उसे समझने की कोशिश कीजिए। आख़िर औकात का अन्दाज़ा तो आदमी को होना ही चाहिए। अगर आप अपनी स्थिति को ही नहीं पहचानेंगे तो पूरी ज़िन्दगी ग़लत हो जायेगी। आपको अपने लिए कुछ वास्तविक ढंग से सोचना चाहिए। हो सकता है, आगे चलकर हालात और बदतर हो जायें। मौसाजी, आप एक सीधे–सादे ग़रीब आदमी हैं जिसके पास मेहनत की आख़िरी पूँजी भी नहीं बची है। आप एक बेहद गये–गुज़रे बूढ़े आदमी हैं। अगर लड़कों के मन में मकान के लिए कोई लोभ जागा तो आप फुटपाथ पर भीख माँगते नज़र आयेंगे। मौसाजी होश में आइये।"

मौसाजी को लेकर मैं एक अजीब क्रोध और दया की भावनाओं के बीच से गुज़र रहा था। जितना ही उन पर गुस्सा आता उतनी ही उन पर दया भी आती। मैं उनके लिए ज़रूर कुछ करना चाहता था। कम–से–कम इतना तो ज़रूर कि मौसाजी खुरदरी ज़मीन की असलियत पर नंगे पाँव खड़े हो जायें और अपनी औकात और वर्ग से पूरी तरह वाक़िफ़ हो जायें।

जब चुनाव के दिन आते और पछीतटोला में भी पार्टियों की जीपें दौड़ने लगतीं तो मौसाजी लगभग हर जीप में देखे जाते। जो भी उम्मीदवार उनके घर आता वे उसी के साथ चल देते। उम्मीदवार से वे यह भी कहते कि इस पछीतटोला में आपको फ़िक्र करने की ज़रा भी ज़रूरत नहीं है। यहाँ सब अपने ही लोग

हैं। एक भी वोट गड़बड़ नहीं होगा। जीप में घूम–फिर कर जब मौसाजी वापस आते तो मिलने वाले से कहते, "भई, जे कैंडीडेट जो हतो, हमाए घर–खोंई आदमी आय। घर–खों लड़का–ई समझो। हमाई ड्योढ़ी पै आके आज कहन लगो कि मौसाजी, दद्दा ने हमखों आप–ई के पास भेजा हें हम तो राजनीति–वाजनीति कछू जानत नईंया, अब आप–ई कछू समझाओ। कैंडीडेट के दद्दा (पिता) के साथ हमारी बड़ी पुरानी दोस्ती हती। अंगरेज़ी राज में हम दोनों एक–ई जेल बन्द हते...भइया, अब का बतायें उन दिनन की बात! तब तो जे कैंडिडेट बिल्कुल छोटो–सो बच्चा हतो, डेढ़–दो साल को। हमारी–ई गोद में खेल के बडो भओ।"

मौसाजी को लेकर सिर्फ़ मैं ही परेशान रहा हाऊँ ऐसी बात नहीं थी। पछीतटोला के और भी कई लोग, बहुत मामूली लोग भी परेशान थे। वे मौसाजी से सचमुच हमदर्दी रखते थे। उन्होंने कई बार उनको टोका। उनकी असलियत उन्हें बतायी। उनका मज़ाक़ बनाया। लेकिन वे सब हिम्मत हार जाते। उन्होंने कई बार मौसाजी को उनकी हवाई दुनिया से सीधा उठाकर याथार्थ में पटकना चाहा, लेकिन मौसाजी ऐसे में बहुत ज़्यादा बौखला जाते। मरने–मारने पर उतारू हो जाते या बिल्कुल चुप होकर घृणा और निरीहता में डबडबाई आँखों से टकटकी बाँधकर घूरने लगते। ऐसे में उनकी आँखों का कसैला पानी और अधिक गन्दला होकर धीरे–धीरे कोरों से बाहर फिसलने लगता। उन्हें देखकर अहसास होता, जैसे कोई उनकी अमूल्य सम्पत्ति को उनसे ज़बरदस्ती छीन रहा हो। उन पर बेतहाशा दया आती।

एक दिन ऐसी घटना घटी जिसे मैं आज भी अन्तिम मान लेने को तैयार नहीं हूँ। उस दिन मौसाजी घर में खाना पकाने की तैयारी में लगे हुए थे कि किसी ने आकर बताया कि नरेन्दर गिरफ़्तार हो गया है।

मौसाजी ने चूल्हे पर पानी ऊँड़ेलकर उसे ठण्डा कर दिया और सन्दूक से अपना पुराना खादी का चोला निकाला। शायद

वे पहले असमंजस, अनिश्चय और दुःखी स्थिति में थे, थोड़ी देर के लिए। फिर उनमें उत्साह हागा। वे होंठों ही होंठों में कुछ बुदबुदाने लगे। यह बात अससानी से समझी जा सकती है कि वे क्या बुदबुदा रहे होंगे। वे कोई तकरीर कर रहे थे– सियासी! मौसाजी का अटूट विश्वास था कि अच्छी तरह बतचीत कर लेने से हर मुश्किल आसान हो जाती है। वे इसी विश्वास के साथ पुलिस चौकी जा रहे थे।

मैं कुछ काम के सिलसिले में पुलिस चौकी पर बैठा हुआ था। उस दिन शहर की बिजली चली गयी थी और पुलिस चौकी में मोमबत्तियाँ जल रही थीं।

मौसाजी ने झुककर, समकोण बनाते हुए को जयहिन्द कहा। थानेदार ने "क्या नाम है तुम्हारा?"

"मायाप्रसाद 'स्वतन्त्रता–संग्राम सेनानी।" मौसाजी ने जवाब दिया। उनका उत्तर बहुत विनम्र था और उनकी आवाज़ सुनकर ऐसा लगता था कि यह आवाज़ इस मुश्किल के बीच कोई रास्ता निकालना चाहती है।

"यहाँ कैसे आये?" थानेदार ने पूछा। मौसाजी थोड़ी देर चुप रहे फिर उन्होंने कहा, "साहब, हमारा बेटा को कौनो जुर्म में पुलिस गिरफ़्तार कर लई है। एई के लाने हम इतै पर आये।"

थानेदार कुछ सँभला, "ओह, तो नरेन्दर प्रसाद तुम्हारा लड़का है। क्या काम करते हो?" मौसाजी फिर चुप खड़े रहे। क्या काम बतायें? क्या काम करते हैं वे? मौसाजी चुप खड़े रहे। थानेदार ने दुबारा पूछा, "क्या काम करते हो?" मुझे लगा सन्नाटा लम्बा हो गया है। मौसाजी को अब कुछ बोलना चाहिए। तभी एक सिपाही ने कहा, "काम क्या करेगा, लड़कों से चोरी करवाता फिरता है। मिली–बाँट है बुढ़ऊँ की।" मौसाजी पहली बार ऊपर से नीचे तक काँपे। हिल गये, "नईं, जे बात बिल्कुल नईं है। जे सरासर झूठा इलजाम है। हमने सन् बायालीस में क़सम उठायी थी कि हम कौनो ग़लत काम नईं करेंगे। जे अख़बार देखिए, थानेदार साहेब..."

मौसाजी ने घुटनों तक लम्बे धुआँए कुर्ते की जेब से वही अख़बार निकाला, ''हम कौनो ग़लत काम नईं कर सकता। मुख्यमन्त्रीजी भी जे बात अच्छी तरह से जानत हैं। हमने भ्रष्टाचार मिटाबे के लाने...''

''चले आते हैं साले पागलख़ाने से निकलकर सीधे।'' थानेदार बुड़बुड़ाया, ''अबे मैं तेरी केस हिस्ट्री नहीं पूछ रहा हूँ। कोई ज़मीन–वमीन का इन्तख़ाब है? जमानत भरनी पड़ेगी। आपके सपूत चोरी के जुर्म में पकड़े गये हैं। चले आते हैं ऊटपटाँग बकने। साला, हर कोई नेतागिरी झाड़ता रहता है।''

मैंने देखा, मौसाजी उसी तरह अख़बार पकड़े हैं। फिर मुझे सुनाई पड़ा कि मौसाजी सरदार पटेल का नाम ले रहे थे, लेकिन थानेदार की एक ही हड़क ने उन्हें चुप कर दिया। थानेदार ने कहा, ''यहाँ ज़्यादा पगलैटी मत दिखाओ, नहीं तो ससुर, तुमको भी उठाकर अन्दर कर देंगे। कल सवेरे ग्यारह बजे जमानती काग़ज़ात और कोई माल–उसूख वाला जमानदार लेकर आना, नहीं तो तुम्हारा लड़का छह महाने के लिए फुरहरी हवा खाने अन्दर चला जायेगा। दूसरी बात भी सुन लो बुढ़ऊँ कि अगर ज़्यादा ऊटपटाँग बकर–बकर किया तो तुम्हारी भी चूतड़ में चार–पाँच डण्डे जमा देंगे, फिर सूधे हो जाओगे।''

मौसाजी धीरे–धीरे बाहर की तरफ़ रेंगने लगे। उनके कन्धे झुके हुए थे। चाल लस्त–पस्त थी। टाँगे थरथरा रही थीं। वे चुपचाप गेट से बाहर निकल गये।

डेढ़ घण्टे बाद जब मैं थाने से लौट रहा था, मेरे दिमाग़ में यह घटना बिल्कुल ताज़ी थी।

तीन बत्ती की ढलान वाली सड़क पर जहाँ मैं था, मेरे वहाँ से बमुश्किल दस–पन्द्रह गज़ दूर मौसाजी सड़क के किनारे किलोमीटर वाले पत्थर पर बैठे हुए थे। उनका सिर उनके दोनों हाथों में टिका हुआ था और घुटनों के बीच झुका हुआ था।

उन्होंने मुझे देखा। उठकर खड़े हुए और मेरे साथ–साथ

चलने लगे। मैंने पूछा, "मौसाजी, नरेन्दर के लिए आप पुलिस चौकी गये थे, क्या हुआ?"

वे बहुत देर तक चुप रहे। फिर धीरे–धीरे चेहरे पर रोशनी सिमटी और उत्साह जागा। बोले, "बेटा, जो थानेदार मिश्रा है न! इसके दद्दा के साथ हमाई पुरानी दाँत–काटी रोटी की दोस्ती हती। आज मिल गओ तो पुरानी बात चल पड़ी। हमने राज़ी–ख़ुशी पूछी तो उसने हाथ जोड़ दिये। हमाए पाँव छुए। कैन लगा, 'मौसाजी, बड़ी ग़लती हो गयी। हम खों का मालूम हतो कि नरेन्दर आप–ई को मोड़ा (लड़का) आय। पै जो क़ानूनी ग़लती भई सो भई, अब हम का करैं? आप–ई कछू बताओ।' हमने कही, 'कौनो बात नईं बेटा, तुम तो अपनो फ़र्ज़ पूरी करो। नमक बजाओ।' जब हम उतै से आवन लगे तो कैन लगा कि मौसाजी चलो, हम आप खों आपी जीप में घर छोड़ आयें, पै हमने मिश्रा थानेदार को मना कर दिया।"

मेरा मोड़ आ गया था और मुझे दूसरी तरफ़ जाना था। मौसाजी जाने लगे। कुछ दूर अँधेरे में बढ़े, फिर रुक गये। वे मेरी तरफ़ फिर लौट रहे थे। "बेटा, तमसे एक भौत ज़रूरी काम हतो।" उनकी आवाज़ फट रही थी। भर्रा गयी थी। वे मेरे क़रीब आये। अपने हाथों को मेरे कन्धे पर रखा। हाथ धीरे–धीरे काँप रहे थे। मुझे लगा कि इस तरह हाथ सिर्फ़ अनिश्चय, दुःख, असहायता और पराजय में काँपते हैं। वे हाथ मेरे कन्धे पर भारी हो रहे थे।

मौसाजी ने कुछ कहा नहीं। अपने हाथों को मेरे कन्धे से हटा लिया और जल्दी से घूम गये। वे अपना चेहरा छुपाना चाहते थे जो पिघल रहा था वे फिर अँधेरे की तरफ़ रेंग रहे थे। मैंने सोचा कि उनसे कहूँ कि मैं सुबह आपके साथ जमानत के लिए चलूँगा, लेकिन मौसाजी दूर निकल गये थे।

मैंने पुकारकर कहा, "मौसाजी, मैं चलता हूँ...जयहिन्द।" उन्होंने बिना पीछे देखे अपना दाहिना हाथ ऊपर उठा दिया और अँधेरे में खो गये शहर में बिजली अभी लौटी नहीं थी और अँधेरा गाढ़ा हो रहा था।

ज्ञ, ज़ेड, अलिफ़, जगतपती और कर्फ़्यू

"ऐसे कब तक चलेगा?" ज़ेड उदास हो रहा था। उसे जमुहाई आनी शुरू हो गयी थी। आँखें अधमुँदी थीं और बीच–बीच में लगता था कि वह अब लम्बे समय के लिए अटूट चुप्पी साधने वाला है। उसकी बेचैनी उसे ऊब की हद में ले आयी थी।

"इसमें इस तरह चिन्तित और परेशान होने की क्या बात है? मामूली–सी बात को लेकर ही तुम बार–बार मुर्दा बन जाते हो। अपने भीतर ख़ुशदिली पैदा करो। आदमी भीतर से ज़िन्दा रहे तो बड़ी–से–बड़ी मुसीबतें भी उसे नहीं मार सकतीं। जो कुछ हो रहा है, वैसा तो वर्षों से चला आ रहा है। नहीं?" अलिफ़ ज़ेड का चेहरा पढ़ रहा था। उसके हाथ में सिगरेट का पैकेट था, जिसमें तीन सिगरेटें बची हुई थीं। सिगरेटों का कम होना ही वह बात थी जो अलिफ़ को फ़िक्र में डाल रही थी।

"मेरा मतलब है, कभी–न–कभी तो हम इस कमरे के बाहर निकलेंगे ही। यह हमारी नियति तो नहीं हो सकती। बाहर कितनी भी दिक़्क़तें हों, लाख सारी मुसीबतें हों...मैं तो कह रहा हूँ कि चाहे बाहर कठिनाइयों और दुर्घटनाओं के पहाड़ ही क्यों न टूट रहे हों, लेकिन इस कमरे में हम कब तक टाँगें सिकोड़कर बैठे रहेंगे। अलिफ़, तुम्हें नहीं लगता कि यहाँ की हवा कुछ ठोस हो गयी है और साँस लेने लायक़ नहीं रह गयी है।" ज़ेड ने थोड़ा सा ठहरकर लम्बी साँस खींचने की कोशिश की। उसके चेहरे से साफ़ ज़ाहिर था कि इस क्रिया में उसे भरपूर मेहनत करनी

पड़ी है। विरक्ति और ऊब से उसका चेहरा बिगड़ गया। "इस शहर में मैं अपने आपको बिल्कुल अकेला पाता हूँ अलिफ़। हमें बाहर निकलने की बेचैनी तभी होती है, जब हम जानते हैं कि बाहर कोई हमारा इन्तज़ार कर रहा होगा। इस शहर में लिजी के अलावा और कोई नहीं है जो मेरे इन्तज़ार में हो। मुझे परेशानी यह है कि उसका घर यहाँ से बहुत क़रीब है। मुश्किल से एक किलोमीटर दूर। कॉफ़ी की तैयारी करने के बाद वह बार–बार देख रही होगी...मेरा मतलब है कि हम इस तरह अपनी उम्र तो नहीं काट सकते। कभी–न–कभी तो हमें बाहर निकलना ही पड़ेगा।" ज़ेड रुआँसा हो गया था। वह अपनी कुढ़न को कुछ और बौद्धिक और गरिमापूर्ण ढंग से व्यक्त करना चाहता था, लेकिन ऐसा नहीं हो सका। उसे अपने ऊपर गुस्सा आ रहा था। लिजी से अपने न मिल पाने की तकलीफ़ को उसे किसी सार्वभौमिक मानवीय चिन्ता के रूप में सामने रखना चाहिए था। अक्सर ऐसा होता है कि बातचीत के बीच अपने उच्च विचारों के बावजूद बहुत मामूली–सा व्यक्ति साबित होने लगता है।

लिजी की याद से उसकी चिढ़ कुछ और बढ़ गयी थी। बाहर, यहाँ से एक किलोमीटर दूर वू डू की ख़ुशबू और अबा की धुन कॉफ़ी के साथ उसकी प्रतीक्षा में थी।

अलिफ़ ने ज़ेड की हालत का रेशा–रेशा भाँप लिया था। उसने पैंतरे बदल लिए। "तुम जिस दुनिया में रहते हो, हमारा उससे क्या और कितना वास्ता है, सोचो? तुम अपनी फ़िक्र के दायरे को और बड़ा नहीं कर सकते कि हम भी उसमें शामिल हो सकें? यह तुम्हारी बहुत पुरानी आदत है। तुम्हें दूसरों के बारे में कभी–कभी सोचने की उदारता अपनानी चाहिए। सोचो, ज्ञ की बीवी और उसके बच्चे क्या जश्न मना रहे होंगे? ज्ञ की बीवी को पुराना दमा है और उसे सींक आती है। उसे दवा और नींद की गोलियों की फ़ौरन ज़रूरत है। ये दवाइयाँ ज्ञ के बैग में बन्द हैं और बैग वो रखा हुआ है। जब तक ज्ञ बाहर नहीं निकलेगा,

उसकी बीवी की खाँसी नहीं रुकेगी, उसका दम उखड़ता रहेगा। ज्ञ के घर में इस वक़्त हड़कम्प मचा होगा, बच्चे घबराहट में रो रहे होंगे और तुम्हारे दिमाग़ में आर्केस्ट्रा बज रहा है। और मिस्टर ज़ेड, मेरे बारे में आपके क्या विचार हैं? तुम सोचते हो, फिनाइल और स्प्रिट की गन्ध से भरे इस कमरे में मैं ख़ुश हूँ? तुम सोचते हो, बाहर की खुली हवा और धूप का स्वाद सिर्फ़ तुम्हें मिला है? तुम सोचते हो, इस हालत में सिर्फ़ तुम परेशान हो? सारा हादसा सिर्फ़ तुम्हारे सिर पर गुज़रा है? मिस्टर ज़ेड, तुम सोचते हो कि हम सब सूअरों के बीच तुम अकेले नफीस आदमी हो...सिर्फ़ तुम्हारे पास ही आदमियों जैसी त्वचा है, बाक़ी हम लोग तो खाल धारण करते हैं, वह भी गैंडे की...हम ख़ूब ख़ुश हैं बाबू मोशाय इस कमरे में फँस कर।"

ज़ेड का चेहरा ताँबे के इलेक्ट्रॉड की तरह लाल हो गया। वह अलिफ़ के भारी–भरकम शरीर को तौल रहा था। कॉलेज के दिन होते तो चार छोकरों के साथ वह किसी नुक्कड़ में लग लेता और स्टिक से अलिफ़ का नक़्शा बिगाड़ सकता था। वह भीतर से सुलग उठा था, लेकिन ज़ेड ने अपने आक्रमण का रुख़ दूसरी तरफ़ बदला। "अलिफ़ यार, तुम बात क्या करते हो? मेरा मतलब है, मेरी अपनी स्थिति ज्ञ की स्थिति से अलग है। हर आदमी की स्थिति की एक निजता होती है। एक स्तर पर मुल्क की सामान्य स्थिति भी किसी एक आदमी के लिए बेहद पर्सनल भी हो सकती है। मैं इस मुद्दे पर तुमसे लम्बी बहस के लिए तैयार हूँ। मेरा मतलब है, ज्ञ की सारी उम्र अपने पिल्लों की नाक पोंछते, अपनी बीवी को फुसलाते, उसकी पुरानी बीमारी की ख़िदमतगारी करते, घरेलू ख़र्चों में कटौती, स्कूटर और फ्रिज बटोरने के तरीक़ों पर सोचते गुज़री है। मेरा मतलब है बहुत सारी परेशानियों, कठिनाइयों और ऐसे मसलों पर लगातार सोचने वाला आदमी कई बातों के लिए कुन्द हो जाता है। उसकी संवेदनशीलता पर फफूँद जम जाती है। मेरा मतलब है,...तुम लिजी को जानते

हो?” ज़ेड चापलूसी पर उतर आया था और अलिफ़ को अपने पक्ष में कर लेना चाहता था।

मेज़ पर जलने वाली मोमबत्ती वीनस की शक्ल में थी। वीनस का धड़ जल चुका था। और अब कमर में आग लगी हुई थी। पिघलती मोमबत्ती ने उसे पिरामिड जैसा बना दिया था। फिर भी जंघाएँ पूरी तरह से ग़ायब नहीं हुई थीं। उनमें एक ख़ास तरह का जीवन था। कमरे की दीवारों पर धुँधली परछाइयाँ डोल रही थीं। यह अस्पताल के कैंसर क्लीनिक का प्राइवेट वार्ड था। अस्पताल की मुख्य इमारत से हटकर बना हुआ।

वार्ड के ठीक सामने शहर की मुख्य सड़क थी, जहाँ की हलचल नौ बजे अचानक रुक गयी थी। ट्रैफिक बन्द हो गया था और लोग जाने कहाँ ग़ायब हो गये थे। भीड़ के शोर की जगह एक स्याह सन्नाटे ने ले ली थी।

नौ बजकर दस मिनट के आसपास वार्ड में झाड़ू लगाने वाला, दवाइयों की ट्राली खींचने वाला, चादरें और ख़ून और मवाद में लिथड़ी पट्टियाँ कमरे के बाहर ले जाने वाला वार्डबॉय जगतपती हाँफता हुआ कमरे में घुसा था उसके चेहरे में किसी बड़ी ख़बर को तुरत–फुरत एक सेकंड में खोल देने की व्याकुलता थी।

जगतपती ने एक ही साँस में बतलाया था–“साब, शहर में कर्फ़्यू लग गया है। मिलिटरी और पुलिस वाले सड़क पर बन्दूक़ लेकर गश्त लगा रहे हैं। अभी एक जीप बोलकर गयी है कि कोई भी आदमी बाहर निकला तो धाँय।”

उस वक़्त ज्ञ, ज़ेड और अलिफ़ इसी कमरे में थे और जैसे चूहेदानी में फँस कर रह गये थे। अब बाहर निकल पाने की कोई गुंजाइश नहीं बची थी। वे बिना समझे–बूझे अनचाहे ही एक ऐसी उलझन में फँस गये थे जिससे छुटकारे की कोई सूरत दिखायी नहीं देती थी। तीनों को यह अफ़सोस था कि इतनी ख़ूबसूरत शाम का उन्होंने इस तरह सत्यानाश कर डाला। यह शाम किसी अच्छे होटल में ही बिताई जा सकती थी। अगर

वे छह बजे ही फ़िल्म देखने निकल गये होते तो यह नौबत न आती। श्रीमती नीना तिलक तो सालों से इस कमरे के बेड पर हैं। लगभग सोलह साल हो गये। पता नहीं कितनी सलाइन और ख़ून की बोतलें उनकी नसों में सरकाई जा चुकी हैं। अतीत और इतिहास के अँधेरे में, कूड़े में गिरती हुई औरत को ज़बरदस्ती ज़िन्दा समझने के पीछे कौन–सी समझदारी है? उसके कमज़ोर पड़ते फेफड़ों की बार–बार छूटती हुई साँस की घर्राहट को जीवन और ताक़त का लक्षण मानते जाने के पीछे कौन–सा बौद्धिक तर्क काम कर रहा है।

आज से सात साल पहले तक अलिफ़ और ज़ेड के भीतर श्रीमती नीना तिलक के लिए कुछ 'चाहने' जैसी बात थी। इस पर वे घण्टों बहस करते थे कि यह औरत हमारे वक़्त की अपार सम्भावना है। इसे छोटी–मोटी बीमारियों से छुटकारा पा लेने दो फिर इसके करतब देखना। ज़ेड बार–बार श्रीमती नीना तिलक के उस चित्र का हवाला देने लगता था जिसे एक अन्तरराष्ट्रीय ख्याति के चित्रकार ने बनाया था जिसमें श्रीमती नीना एक शेर के ऊपर सवार थीं। अलिफ़ को देश के एक बहुत बड़े कवि की कविता की कुछ पंक्तियाँ याद थीं जिसमें कहा गया था–'नीना किसी प्रागैतिहासिक नदी का नाम नहीं है, यह कोई कमज़ोर हवा को पुकारने के लिए गढ़ा गया शब्द भी नहीं है। नीना का अर्थ उस महा शब्दकोश में देखो जहाँ दुनिया की सभी भाषाओं के अरबों–असंख्यों शब्द मिलकर एक शब्द बनाते हैं– नीना।'

फिर भी इस कर्फ़्यू ने उन्हें कहीं भीतर से चिढ़ा दिया था। अलिफ़ ने फुसफुसाते हुए कहा–"नीना को उलटकर पढ़ो...नानी।" ज़ेड हँसने लगा। अलिफ़ अभी तक उससे घोर असहमति की मुद्रा में था। उसने अपनी एक सिगरेट सुलगा ली। "यह तुम्हारी आज की आदत नहीं है ज़ेड। मैं तुम्हें पिछले लम्बे अर्से से जानता रहा हूँ। तुम सोचते बहुत हो, यह ठीक है, लेकिन हर बार उस सोचने के केन्द्र में तुम ख़ुद अपने आपको रख लेते हो।

सारी चीज़ें तुम्हारी केन्द्रीयता के कारण ही तुम्हारे लिए अपने होने का महत्त्व रखती हैं। यह एक प्रकार का नारिससिज़्म है। घनघोर आत्मोन्मुखता। ज़ेड, तुम इंट्रोवर्ट हो गये हो। तुम दूसरों की स्थिति समझने की कोशिश ही नहीं करते। तुम हो सिर्फ़ इसी वजह से मैं नहीं हूँ। मेरा होना तुम्हारे बिना भी सम्भव है। इसी तरह सारी चीज़ें तुम्हारे न होने के बावजूद हैं। तुम्हारे बिना सबका वजूद है। कहो तो मैं इनमें से कोई चीज़ उठाकर तुम्हारे सिर पर दे मारूँ और तुम्हारी खोपड़ी में दरार पड़ जाये। तुम्हारा 'होना' एक मिनट में फुस्स हो जाय।"

ज्ञ ने हथेलियों में रखा हुआ अपना सिर उठाया। उसका चेहरा शरीर के अनुपात में काफ़ी बड़ा था और वह किसी देवदूत का चेहरा लग रहा था। मोमबत्ती की रोशनी में वह चेहरा पीला पड़ गया था और उसमें एक अलौकिक शान्ति थी। उसकी आँखें किसी गहरे नशे में डूबी हुई लगती थीं।

वह छत की ओर ताक रहा था। बल्कि छत के भी पार। छत पर सीलिंग फैन घूम रहा था और उसके हर डैने की परछाइयाँ सीलिंग में रफ़्तार के साथ एक–दूसरे का पीछा कर रही थीं। सीलिंग में परछाइयों में हलचल पैदा कर दी थी। इस कर्फ़्यू और सन्नाटे के बावजूद वहाँ धमाचौकड़ी मची हुई थी। शायद पंखा बिजली से नहीं, रोशनदान से आने वाली हवा से चल रहा था। श्रीमती नीना तिलक की साँस की डरावनी घर्राहट बीच–बीच में कमरे में तैर जाती थी। जब भी यह घर्राहट ऊपर उठती लगता किसी चमगादड़ ने अपने डैने फड़फड़ाए हैं।

ज्ञ उदास था।

ज्ञ ने अलिफ़ से सिगरेट माँगी, जो सिगरेट अलिफ़ पी रहा था। एक गहरा कश खींचकर उसे सिगरेट लौटा दी। "ज़ेड, तुमने 'दि जस्ट' पढ़ा है? किस तरह इसी तरह के कमरे में बन्द पाँच लोग 'ड्यूक' की बग्घी में बम फेंकने की योजनाएँ बनाते हैं। बिल्कुल ऐसा हो सकता है–हम इन दीवारों के भीतर रहते

हुए भी बाहर की घटनाओं के बारे में बहुत कुछ सोच सकते हैं। मैं तो यहाँ तक कहूँगा कि हम इन घटनाओं को बदल भी सकते हैं, उन्हें प्रभावित भी कर सकते हैं। यह कोई जादू नहीं है बल्कि अपने वक़्त को सही–सही समझने का विज्ञान है। सड़क का आदमी बनने के लिए सड़क पर निकलना ज़रूरी हो, ऐसा नहीं है।" ज्ञ उठकर कमरे में टहलने लगा था। "कर्फ़्यू लागू होने का वह परिणाम कौन–सा है, जो तमाम दिक़्क़तों के बावजूद हमारे पक्ष में है?–तुम बता सकते हो? इस कर्फ़्यू की वजह से शहर के सारे लोग बाहर निकलने से रोक दिये गये हैं। सब किसी–न–किसी कमरे में इस वक़्त बन्द हैं। वे कमरों के भीतर बन्द बाहर की हवा के लिए हमारी तरह ही बेचैन हैं। उनकी भी कोई प्रतीक्षा कर रहा है। ऑल आर अवेटेड। वे इस वक़्त हमारे बहुत क़रीब हैं–बहुत क़रीब। हमारी और उनकी अनुभूतियाँ, बेचैनी एक है। इस शहर के इतिहास में पहली बार किसी घटना ने इतने सारे लोगों को इस तरह से जोड़ा है। हमारे और उनके विचार एक हैं। यह रिश्ता जो कर्फ़्यू ने हमारे बीच पैदा कर दिया है वह बहुत क़ीमती है और हम चाहें तो इतिहास को इससे प्रभावित कर सकते हैं।" ज्ञ अचानक रुक गया। उसका चेहरा तमतमा रहा था और आवाज़ ऊँची हो गयी थी। "अब संवाद की सारी स्थितियाँ तैयार हैं...समय पक चुका है, ज़रूरत इस बात की है कि..."

"सा'ब मेकसा'ब की साँस बन्द हो गयी।" जगतपती, जो श्रीमती नीना तिलक के बेड के पास एक स्टूल पर बैठा था, अचानक टपक पड़ा। कमरे के मद्धिम अँधेरे में एक बहुत बड़ा चमगादड़ पंख फड़फड़ाकर गिर गया।

तीनों चौंक गये। ज़ेड आहिस्ता से उठा और उसने श्रीमती नीना की नाक के पास अपनी हथेली रखी। उसके हाथ के रायें धीरे–धीरे हिलने लगे। ज्ञ और अलिफ़ उसे व्यग्रता के साथ घूर रहे थे।

ज़ेड अपनी कुर्सी पर लौट आया था और गुस्से और सन्देह के साथ जगतप्रती की ओर ताक रहा था। जगतपती को वे जग्गी

कहते थे। ज्ञ और अलिफ़ के चेहरों पर आश्वस्ति लौट आयी थी।

"जग्गी, तुम अपने आपको तुरन्त सुधारो।" ज़ेड जगतपती को डाँट रहा था। "पिछले कई सालों से मैं तुम्हें देख रहा हूँ–तुम इसी तरह का झूठ बोलकर हमें डराने और चौंकाने की कोशिश करते हो। तुम सच–सच बतलाओ तुम्हारे मन में क्या है?"

जगतपती ख़ामोश था और कुछ सोच रहा था।

ज्ञ ने उठकर जगतपती के कन्धे पर हाथ रख दिया। "जग्गी, मैं जानता हूँ जग्गी कि जब तुम इस तरह की बात करते हो तो उसके पीछे कोई गइरा अर्थ होता है। अर्थ न भी हो, एक मंशा ज़रूर होती है। शायद तुम उसे ठीक–ठीक न भी जानते हो, लेकिन उसे जानना हमारे लिए बहुत ज़रूरी है।" ज्ञ के चेहरे में आत्मीयता आ गयी और वह अब जग्गी को फुसलाने लगा। "मेरी डायरी देखोगे? उसमें मैंने तुम्हारी एक–एक बात नोट कर रखी है। मैं हमेशा तुम्हें ठीक–ठीक समझने की कोशिश करता हूँ। तुम्हें पता नहीं हम तुम्हारे बारे में कितना सोचते हैं। जग्गी, तुम सच–सच बतलाओ, क्या तुम चाहते हो, दिल से, कि श्रीमती हनीना तिलक का निधन हो जाय?"

जगतपती रोने लगा था, हिचकियाँ ले–लेकर। फूट–फूटकर। उसके मुँह में गुब्बारे बनने लगे थे। अलिफ़ और ज़ेड भी जगतपती के स्टूल के पास बैठ गये थे। अलिफ़ बहुत तन्मयता के साथ जगतपती के चेहरे को पढ़ने की कोशिश कर रहा था।

"देखो जग्गी!" अलिफ़ ने रुमाल निकालकर उसके भीगे हुए पपोटे पोंछे। "यह कोई ऐसी बात नहीं है जिसका तुम इस तरह से रंज करो। तुम हमारे भीतर की सहानुभूति को महसूस करने की कोशिश करो...लेकिन यह तो तुम्हें बताना ही पड़ेगा कि तुम श्रीमती नीना तिलक की मौत की बात पिछले कई सालों से बार–बार दुहरा क्यों रहे हो?"

जगतपती की घिग्घियाँ बँध गयी थीं और वह एक लय के साथ रो रहा था। वह इस बात से बिल्कुल तटस्थ और निस्पृह था

कि उससे कुछ पूछा भी जा रहा है। अलिफ़ उसके सिर पर हाथ फेर रहा था और रुमाल से बार–बार उसकी आँखें पोंछ रहा था।

ज़ेड यकायक जगतपती के ठीक सामने तनकर खड़ा हो गया। उसकी मुट्ठियाँ कस गयी थीं। उसके चेहरे पर ऊब और छटपटाहट की रेखाएँ घनी हो गयी थीं। वह अपना आपा खो देने की हद में था। "देखो जग्गी, तुमने आफ़त कर रखी है। एक तो वैसे ही हम इस नरक में फँस गये हैं, हालत ख़राब हो रही है, उस पर तुम्हारी ये फूहड़ हरकतें। मैं कहता हूँ तुम साफ़–साफ़ क्यों नहीं बताते कि तुम्हारी इन हरकतों के पीछे असल मुद्दा क्या है? तुम आख़िर चाहते क्या हो? मेरा मतलब है, यह जानना हमारे लिए, तुम नहीं जानते, कितना ज़रूरी है। सिर्फ़ इसी एक बात पर बहुत सारी चीज़ें डिपेंड करती हैं।"

ज्ञ ने सांत्वना और पुचकार के साथ जगतपती के कन्धे थपथपाये। उसकी आवाज़ में गहरी आत्मीयता और ऊँचे ज्ञान का मिश्रण था–"जग्गी, ओ जग्गी, कुछ बोलो।"

लेकिन ज़ेड अनियन्त्रित हो रहा था। उसके ज़ेहन में लिजी की ऊँघती हुई शक्ल थी। ज़ेड सोच रहा था कि उसके भीतर बन्द हो जाने के मौक़े का फ़ायदा उठाकर अगर लिजी के पास मदनमोहन पहुँच गया होगा तो उनके बीच क्या बात चल रही होगी। वह अचानक तीखी बेचैनी से भर उठा। "देखो, तुम्हारे झूठ बोलने से सच्चाई नहीं बदल सकती। जब तक ऑक्सीजन के सिलिंडर रखे हुए हैं और जब तक ब्रेदिंग ट्यूब श्रीमती नीना तिलक की नाक में है तब तक उनका निधन नहीं हो सकता। इतने बड़े–बड़े डॉक्टर दिन–रात उनकी मृत्यु के ख़िलाफ़ संघर्ष कर रहे हैं। रोज़ उनकी केस फ़ाइल और हेल्थ चार्ट ऊपर मँगाई जाती है। रोज़ उनकी दशा का हाल अख़बारों में छपता है। अनगिनत लोग उनके लिए चिन्तित हैं। यह ठीक है कि पिछले दिनों में वे कुछ कमज़ोर पड़ गयी हैं, घरेलू और बाहरी परेशानियों ने उन्हें तोड़ डाला है। लेकिन वे हमेशा की तरह इन

सबसे फिर उबर जायेंगी। आज से तीन साल पहले भी तो कुछ लोगों ने कह दिया था कि अब श्रीमती नीना मर गयीं, लेकिन इससे क्या फ़र्क़ पड़ा। तुम्हारे कहने न कहने से क्या होता है?"

जगतपती डर गया था और सहमकर ज़ेड की तरफ़ देखने लगा था। अलिफ़ को एक और मौक़ा हासिल हो गया था। "ज़ेड, तुम अपने आपको संयत करो। यह ठीक नहीं।"

ज़ेड धैर्य खो चुका था। "अलिफ़ यार, हद हो गयी। जितना ही हम पुचकार रहे हैं, उतना ही यह सिर पर बैठना जा रहा है। साला मुर्गी का शोरबा, नहीं मुर्गी के चूजे का शोरबा। अपने आपको समझता क्या है?"

"शटअप!" ज्ञ चीख़ा। उसकी गर्दन की नसें फूल गयी थीं और चेहरा–से विद्रूप हो उठा था "तुमने अपनी बकवास बन्द नहीं की तो ज़ेड, यह ठीक नहीं होगा। मैं जानता हूँ, जग्गी के लिए तुम्हारे भीतर से जो नफरत बाहर फूटकर निकली है उसके पीछे तुम्हारे वर्गीय संस्कार हैं। तुम्हारी अपनी वर्गीय स्थितियाँ हैं। आख़िरकार तुमने अपने 'एसेंस' को खोल ही दिया। तुम इस वक़्त अपनी उस भैंस जैसी प्रेमिका, क्या नाम है उसका–लिजी, हाँ, लिजी के साथ रजाई के भीतर घुसना चाहते हो और कर्फ़्यू ने तुम्हें रोक दिया है। अलिफ़ ने तुम्हारा बहुत सही विश्लेषण किया है। अपने सारे गुस्से और फ़िक्र के केन्द्र में तुम खुद हो। तुम्हारी वर्गीय कुण्ठाएँ और ग्रन्थियाँ जग्गी पर टूट पड़ी हैं। यह घृणापूर्ण है। बेहद आपत्तिजनक। तुम्हें फ़ौरन जग्गी से माफ़ी माँगनी चाहिए।"

अलिफ़ तनाव–शैथिल्य के लिए प्रयत्न करना चाहता था। उसने सहानुभूति से ज़ेड को देखा और कनफेशन के लहजे में बोला–"हाँ ज़ेड, तुमने यह ठीक नहीं किया।"

"मैंने क्या ठीक किया और क्या ठीक नहीं किया इसके लिए मुझे आपकी सलाह की ज़रूरत नहीं है सज्जनो। अलिफ़ यार! तुम मेरी मानसिक हालत का अन्दाजा क्यों नहीं लगाते? अच्छा, ख़ैर छोड़ो। श्रीमान ज्ञ जी, आप यह ईमानदारी और सच्चे मन

से बतायें कि अगर जग्गी आपको गालियाँ दे दे, या आपके पैकेट से बिना पूछे सिगरेट निकालकर पीने लगे, या आप कमरे में आयें और वह इस फोम वाली गद्देदार कुर्सी पर बैठा ही रहे तो क्या आप इसे बरदाश्त कर लेंगे?" ज़ेड धीरे–धीरे अपने पूरे फॉर्म में आता जा रहा था। "मैं जानता हूँ। तुम सबकी एक–एक बात जानता हूँ। तुम जग्गी का पक्ष इसलिए ले रहे हो कि तुम हमारे सामने ऊँचे हो जाओ। तुम्हारी इस ऊँचाई की पोल मुझे मालूम है। कोटरा सुल्तानाबाद के कुंजड़े को गालियाँ कौन बक रहा था अलिफ़, मैं या तुम? दफ़्तर के चपरासी की बदतमीजी की शिकायत बॉस से किसने की थी अलिफ़, तुमने या मैंने? अख़बार बाँटने वाले हॉकर की क़मीज़ फाड़कर बिनाबिल दिये उसे कमरे से बाहर किसने निकाला ज्ञ, तुमने या मैंने? मुझसे सारी बातें मत खुलवाओ। मैं बहुत ग़लत जगह, ग़लत लोगों के बीच फँस गया हूँ। मैं अपनी सारी पिछली ग़लतियों को रियलाइज करता हूँ, मैं जग्गी से माफ़ी माँगता हूँ। लेकिन तुम लोग अपने भीतर भी झाँककर देखो। मेरा मतलब है तुम में से कोई भी पीर–फ़क़ीर, हो ची मिन्ह या फिदेल कास्त्रो नहीं है...तुम सब के सब..."

जगतपती की हिचकियाँ रुक गयी थीं और वह अचकचाया हुआ आँखें फाड़ सबको बारी–बारी से देख रहा था।

ज़ेड झपाटे से उठ खड़ा हुआ और दरवाज़े की तरफ़ बढ़ा। ज्ञ और अलिफ़ ने डर और ताज्जुब से उसे देखा। ज़ेड के हाथ दरवाज़े की सिटकनी पर थे, वह दरवाज़ा खोलना चाहता था।

"ज़ेड, एक मिनट ठहरो। मैं कह रहा हूँ रुक जाओ।" अलिफ़ चिल्लाया, "तुम आख़िरकार करना क्या चाहते हो?"

ज़ेड की उँगलियाँ अभी भी सिटकनी पर थीं। वह घूमा और बोला–"एक ग़लत भूगोल में फँसे उच्च श्रेणी के प्राणी को तुरन्त कहीं और चल देना चाहिए। तुम सारे के सारे लिली पुटियस, अपने आपको गुलीवर समझते हो। यह ज़ेड नहीं कोलम्बस है, कोलम्बस जिसे उस समुद्री यात्रा में उतरना है जिसे लिजी का

इन्तज़ार कहते हैं। तुम सड़ो इस कमरे में, यहाँ की दमघोंटू हवा में और कुत्तों की तरह एक–दूसरे पर भौंकते रहो। मै यहाँ एक मिनट नहीं रुक सकता।"

ज्ञ ने फिर अलिफ़ से सिगरेट माँगी जो लगभग ख़त्म हो चली थी और अलिफ़ जिसे फेंकना चाहता था। ज्ञ ने सिगरेट की आख़िरी कश खींची और उठकर कमरे में टहलने लगा। "ज़ेड, ठीक है। तुम बाहर निकलना चाहते हो। तुम लिजी से मिलने को उतावले हो। लिजी तुम्हारा इन्तज़ार कर रही होगी। यह भी सम्भव है कि लिजी इस समय किसी और से हँस–हँसकर बातें कर रही हो। इस बात से तुम और भी बेचैन हो सकते हो। लेकिन एक चीज़ और भी है जिसका जानना तुम्हारे लिए बहुत ज़रूरी है, बल्कि यह चीज़ तुम्हारे आगे आने वाले क्षणों से पूरी तरह से जुड़ी हुई है।" ज़ेड ज्ञ की बातें गम्भीरता से सुनने लगा। "मान लो, तुम इस कमरे से बाहर निकलते हो। कल्पना करो कि गलियारे में पहले से ही चार आदमी खड़े हैं। ऐसा होना असम्भव भी नहीं है। अब सोचो, तुम जैसे ही इस कमरे से निकलकर गलियारे में पहुँचोगे, तुम उनकी संख्या पाँच कर दोगे। तुमको मिलाकर गलियारे में मौजूद व्यक्तियों की कुल संख्या पाँच हो जायेगी। और..." ज्ञ ने ज़ोर से अपने कन्धे उचकाये जैसे अदालत में वकील ने जिरह करते हुए अपना लबादा ठीक किया हो। "तुम जानते हो ज़ेड, पाँच आदमियों के गलियारे या सड़क पर एक साथ इकट्ठा होने का क्या मतलब है, पता है? यह इल्लीगल है, क़ानूनन जुर्म है, अपराध है, संविधान का आपराधिक उल्लंघन है। कर्फ़्यू और धारा 144 एक साथ लागू होने की दशा में वे तुम पर फायर कर सकते हैं और फिर...! ज़ेड, क्या तुम यह रिस्क लेना पसंन्द करोगे?"

ज़ेड की गर्दन लुढ़क चुकी थी और वह कन्धे झुकाए अपनी कुर्सी की ओर वापस लौट रहा था। ज्ञ की आवाज़ ने कमरे में सन्नाटा पैदा कर दिया था जो अभी तक झनझना रहा था। अलिफ़ विचित्र सकते की हालत में था।

ज्ञ अचानक ही महत्त्वपूर्ण हो उठा था। उसने जगतपती के कन्धे पर हाथ रख दिया था और उससे पूछ रहा था, "जग्गी, तुम बताओ, तुम जानते हो श्रीमती नीना तिलक अभी तक जीवित हैं, फिर तुम रोज़ उनके मरने की बात क्यों करते हो? बोलो।"

जगतपती अब सँभल गया था। उसने अपनी फटी हुई अस्पताली वर्दी की सारे जेबें छान डालीं। जेबों को उलट दिया। वह बदहवास था और बार–बार अपने बाल नोचने लगता था।

"क्या हुआ?" ज्ञ ने हमदर्दी से पूछा। वह अपनी क़लम निकालकर डायरी खोल चुका था। उसे पूरी आशा थी, अभी जगतपती कुछ–न–कुछ कहेगा। "बोलो जग्गी।" ज्ञ ने अपनी डायरी में कुछ नोट करना शुरू कर दिया था। बीच–बीच में वह जग्गी की ओर अपनी गहरी, विरक्त, मननशील आँखों से देख लेता था।

"सा'ब, बीड़ी की तलब लगी है। लगता है बण्डल मैं स्टाफ में छोड़ आया।" जगतपती पहली बार बोला। ज्ञ न अलिफ़ की ओर देखा। अलिफ़ के पैकेट में अभी भी दो सिगरेटें बची हुई थीं। पैकेट कुर्सी के हत्थे पर रखी थी। ज़ेड पैकेट उठाकर जगतपती को देना चाहता था, लेकिन अलिफ़ ने लपककर अपना पैकेट उठा लिया।

"ठीक है, ठीक है जग्गी। सिगरेट तुम्हें मैं। दूँगा लेकिन तुम्हें पहले यह बताना पड़ेगा कि श्रीमती नीना तिलक की मौत की झूठी ख़बर उड़ाने में तुम्हें क्या मज़ा मिलता है? वह कौन–सी वजह है जिससे तुम बार–बार यह बातें कहने के लिए मजबूर हो जाते हो? तुम्हें ईमानदारी से, बिना डरे, सच्ची बात कह देनी चाहिए। है कि नहीं?"

जगतपती फिर अपना सिर खुजाने लगा। वह किसी ऐसी चक्करदार सुरंग में फँस गया था जिसमें से बाहर निकलने का रास्ता उसे सूझ ही नहीं रहा था। पर मुश्किल यह थी कि उसी सुरंग के दूर अँधेरे में उसे सुलगती हुई सिगरेट दिखायी दे रही

थी। तम्बाकू के धुएँ का स्वाद। वह गहरी सोच में डूब गया फिर उसने धीरे से कहा—"सा'ब, एक बात आप लोग बताओ। मेमसा'ब की ये साँस जो चल रही है वो मेमसा'ब की है या इस सिलिंडर मशीन की साँस है। मैंने तो आज से सात साल पहले ही बतला दिया था कि मेमसा'ब मर चुकी हैं। जब आप लोग मेमसा'ब का नाम ले—लेकर भजन गाते थे तब भी मैं कहता था...फालतू है सब। सा'ब एक बात सुन लो सच्ची—सच्ची, मेमसा'ब को अब दवा—दारू, हवा—ख़ून, सलाइन—कैप्सूल की ज़रूरत नहीं है। कोई इलाज अब काम नहीं करेगा। अब तो आप लोग अस्पताल का यह बेड ख़ाली करवा दो। कोई दूसरा मरीज़ इस पर आकर सोयेगा तो थोड़ा—सा ठीक लगेगा। अपन तो उकता गये सा'ब मेमसा'ब को देखते—देखते।" जगतपती इतना कहकर रुका फिर उसने अपने दाँत चियार दिये...। "बोल दिया न हमने असली बात? अब निकालो सिगरेट।"

लगा कमरे में कोई बड़ी घटना घट गयी है। श्रीमती नीना तिलक की साँस की एक और घरघराहट उभरी। अलिफ़, ज़ेड और ज्ञ के चेहरे लटक गये थे और उनमें हवाइयाँ उड़ रही थीं।

सबसे पहले अलिफ़ बोला—"नहीं, यह वह बात नहीं है जो तुम दरअसल सोचते हो। तुम हमें चूतिया बना रहे हो। हमने बड़े—बड़े ख़ाँ देखे हैं जग्गी। तुम तो पड़ोसी के खेत की मूली से भी गये—गुज़रे आदमी हो। ये वो बात हरगिज़ नहीं हो सकती। हम तुम्हारे झाँसे में नहीं आयेंगे। तुम्हारी इस चालाकी और फ़रेब के एवज़ में तुम्हें सिगरेट देकर मैं उल्लू नहीं बनना चाहता।"

ज्ञ बड़े ग़ौर से जगतपती को देख रहा था। उसने डायरी में जल्दी से कुछ नोट किया फिर डायरी बन्द कर ली। "देखो जग्गी, तुम जो कुछ कहते हो उसके पूरे ऐतिहासिक सन्दर्भ तुम्हें नहीं मालूम। यह बात हमारे—तुम्हारे दोनों के दिमाग़ में आ सकती है और हमें उसे कहना भी चाहिए, लेकिन अभी वस्तुगत परिस्थितियाँ इतनी परिपक्व नहीं हुई हैं—श्रीमती नीना तिलक अभी भी हमारे लिए,

हमारे शहर के लिए ज़रूरी हैं। देखो—हर जगह रेडियो, अख़बार, सिनेमा, टेलीविज़न...हर जगह यह बात दुहराई जा रही है कि श्रीमती नीना तिलक अभी जीवित हैं और हमें उन्हें ताक़तवर बनाना चाहिए। तुम्हारे जैसे और हमारे जैसे लोगों ने ही उनको मज़बूत किया है। काश तुम पढ़े—लिखे होते तो आज का अख़बार देखते जिसमें छपा है कि श्रीमती नीना की सुरक्षा के लिए सरकार कड़े क़दम उठा रही है। तुम्हें मालूम होना चाहिए कि श्रीमती नीना इस वक़्त भीतरी और बाहरी दोनों बीमारियों से जूझ रही हैं।"

जगतपती व्यग्र हो रहा था और अपनी जेबें उलट रहा था।

"तुम्हें नहीं पता कि डॉक्टरों ने ऊपर रिपोर्ट भेजी थी कि श्रीमती नीना तिलक को शोर—गुल और भीड़—भाड़ की वजह से नींद नहीं आ रही है। उन्हें नींद नहीं आ रही है इसीलिए यह कर्फ़्यू लगाया गया है।"

"सा'ब, मुझे सिगरेट दीजिए। कसके तलब लगी है।" जगतपती घिघिया रहा था।

"तुम जैसा सोचते हो ऐसा नहीं है जग्गी। यह कोई हल्की—फुल्की बात नहीं है। इसके सामाजिक—आर्थिक अर्थ गम्भीर और दूरगामी हैं। तुम हमें वह बात बताओ जो तुमने इस बात के पीछे छुपा रखी है।"

जगतपती के सामने तीन लोग थे और उसे तीनों में कोई फ़र्क़ नज़र नहीं आ रहा था। तीनों उसके लिए सहानुभूति जताते थे। दूसरे साहबों की तरह उसे डाँटते नहीं थे, कई बार उन्होंने उसे बख़्शीश भी दी थी। लेकिन इस वक़्त पता नहीं किस वजह से वे तीनों उसके पीछे पड़े हुए थे। "हम सब समझते हैं साहब, आप लोग कमरे में फँस गये हैं तो बात करने को कुछ सूझता नहीं होगा सो हमीं से टाइम पास कर रहे हैं। वैसे एक सच्ची बात आपको बतलायें सा'ब। मेमसा'ब की साँस उसी दिन बन्द हो गयी थी जिस रोज़ रात में आप लोग यहाँ मोटरसाइकिल से आये थे, फिर देर तक कीर्तन किया था, लड्डू मिठाइयाँ बाँटी

थीं–कई साल पहले जिस दिन पानी बरस रहा था और आप लोग यहाँ आते–आते भीग गये थे।"

ज़ेड उठ खड़ा हुआ। "मैं पहले ही जानता था कि यह बहुत कनिंग आदमी है। यह कभी भी वह बात नहीं बतलाएगा। मेंरा मतलब है अलिफ़, कोई साज़िश ज़रूर चल रही है जिसके बारे में सिर्फ़ हमीं लोग नहीं जानते।"

ज्ञ ने अपनी ज्ञानवान आँखें ऊपर उठायीं। देर तक ज़ेड को देखता रहा फिर किसी उदास सोच के कुएँ से आवाज़े बाहर निकली–"नहीं ज़ेड, यह जग्गी नहीं, उसके समूचे वर्ग की आवाज़ है, हमें जग्गी की बात को गम्भीरता से लेना चाहिए, उसकी तह तक पहुँचना चाहिए और अगर यह बात सत्य है तो हमें जग्गी का साथ देना चाहिए।

जगतपती उठकर खड़ा हो गया था। उसने एक बार फिर गिड़गिड़ाना शुरू किया–"आप आधी पीकर बची हुई सिगरेट ही मुझे दे दो सा'ब।"

"तुम्हें मालूम है जग्गी, अगर हम यहाँ न होते और कोई डॉक्टर होता तो ऐसी बात करने के लिए तुम नौकरी से निकाल दिये जाते हैं।

"तलब बड़ी ज़ोर की लगी है सा'ब। क़सम से।"

"यह तो गनीमत समझो कि यहाँ हम हैं, नहीं तो अभी तुम जेल की हवा खा रहे होते। कर्फ़्यू में यह भी कहा गया है कि अफ़वाह फैलाने वाले को फ़ौरन हिरासत में ले लिया जाये।"

"तुम्हारे लिए हमने किस–किस से लड़ाई मोल नहीं ली जग्गी। हमने हमेशा तुम पर दया की, हमेशा तुम्हारा साथ दिया।"

ज्ञ ने फिर गम्भीरता से कहना चालू किया–"वर्तमान स्थितियों में जग्गी, तुम्हारी बात के..."

जगतपती अचानक दरवाज़े की ओर बढ़ा सिटकनी खोलने लगा। अलिफ़ चिल्लाया, "मैं कहता हूँ ठहर जाओ जग्गी। आख़िर तुम करना क्या चाहते हो?"

ज्ञ ने गहरी तटस्थता और विरक्ति के साथ जगतपती की ओर देखा फिर कमरे में टहलने लगा। "ठीक है जग्गी, तुम बाहर जाना चाहते हो। तुम्हें बीड़ी की तलब लगी है। तम्बाकू के धुएँ से तुम्हारी ऐंठन कुछ देर के लिए ख़त्म हो जायेगी। लेकिन यहाँ इस कमरे में कौन है ऐसा, जो बाहर नहीं निकलना चाहता? हम सब एक ही रास्ते पर जाने वाले लोग हैं। हमारी मुक्ति तुम्हारी मुक्ति में ही सम्भव है। लेकिन हमें हमेशा वस्तुगत स्थितियों को ध्यान में रखना चाहिए। उनका विश्लेषण करना चाहिए।" ज्ञ एक पल के लिए रुका–"इस वक़्त शहर में कर्फ़्यू और धारा 144 दोनों लागू हैं। मान लो तुम बाहर निकलकर गलियारे में पहुँचते हो। कल्पना करो के वहाँ पर चार आदमी पहले से ही खड़े हैं। अब तुम वहाँ पहुँचकर उनकी संख्या पाँच कर दोगे। जानते हो पाँच आदमियों के एक साथ गलियारे या सड़क पर इकट्ठा होने का क्या मतलब है? यह संविधान का आपराधिक उल्लंघन है और ऐसी दशा में वे..."

लेकिन लगतपती दरवाज़ा खोलकर तीर की तरह अँधेरे में गुम हो गया। ज़ेड,ने दौड़कर दरवाज़ा भीतर से बन्द कर लिया। तीनों पहले हतप्रभ हुए फिर रुआँसे हो गये। ज्ञ की चाल मर गयी थी और वह एक पराजित और बीमार योद्धा की तरह फ़र्श पर बैठ गया। वह अफ़सोस में कुछ बुदबुदा रहा था। अलिफ़ ने आख़िरी सिगरेट सुलगा ली थी।

"यह अच्छा नहीं हुआ।" ज़ेड ने कहा। अलिफ़ ने चौंककर अपनी सिगरेट की तरफ़ देखा। "ज्ञ, तुम्हारी इस मामले में क्या राय है? क्या तुम्हें जग्गी में परिपक्वता की जगह भावुकता के अतिरेक का अहसास नहीं हुआ?"

ज्ञ चुप था। कोई कुछ न बोला। ख़ामोशी थी। बीच–बीच में श्रीमती नीना की घर्राहट उभरती, जैसे किसी चमगादड़ ने अँधेरे में अपने डैने हिलाये हों।

तीनों को बाहर चलने वाली। गोलियों का इन्तज़ार था।

उधर स्टाफ रूम में जगतपती फर्राशों और दूसरे वार्ड ब्यॉयों के साथ बीड़ी के गहरे कश खींचकर छल्ले बना रहा था।

पुतला

गाँव के बाहर, शहर की ओर जाने वाली सड़क और गाँव के खेतों के बीच एक बहुत बड़ी चौहद्दी थी। चौहद्दी क्या उसे चार–पाँच एकड़ का भरा–पूरा, कद्दावर मैदान समझ लीजिए। जैसे हर आदमी, हर गाँव, तहसील और ज़िले का कोई–न–कोई नाम होता है, इस मैदान का भी एक नाम था। लोग उसे इसी नाम से बुलाते थे...चौहद्दी। यह मैदान चौकोर या चतुर्भुज जैसे आकार का नहीं था, जैसा कि नाम से लगता है, बल्कि लगभग कद्दू जैसा था। एक तरफ़ शहर जाने वाली सड़क थी जिस पर आगे कुछ दूर चलकर पुल पड़ता था। दूसरी तरफ़ भी सड़क ही थी। क्योंकि सड़क इसी तरह घूम गयी थी। तीसरी ओर गाँव के खेत शुरू होते थे और चौथी ओर कुछ उजड़े हुए सरई के पेड़ थे।

यह चौहद्दी चौधरी भजनलाल के पट्टे में थी। कहते हैं, जब शहर की दिशा में सरकारी रफ़्तार में रेंगती हुई यह सड़क उस मैदान तक पहुँची, तो चौधरी भजनलाल ने एतराज़नामा अदालत में दायर कर दिया। एक तरफ़ पी.डब्लयू.डी. का सरकारी महकमा था तो दूसरी तरफ़ चौधरी की ख़ानदानी आबरू। (आबरू को इज़्ज़त भी मान लिया जा सकता है। शब्दों में इतना हेर–फेर तो चलता ही है।) चौधरी की आबरू उसकी ज़मीन में ही होती है। घर की औरतों पर कोई हाथ डाले तो एक बार अपनी आबरू का ख़याल कर चौधरी ख़ून का घूँट पीकर चुप भी रह सकता है, लेकिन ज़मीन पर हाथ डालने से तो सचमुच सारी दुनिया–जहान

के सामने आबरू चली जाती है। इसीलिए अपनी पगड़ी की साख की ख़ातिर चौधरी भजनलाल ने अदालत में उज्रदारी दाख़िल की और इस तरह सरकार पर मुक़दमा दायर कर दिया।

एस.डी.ओ. साहब, बी.डी.ओ. साहब, ओवरसियर, दरोगा, सभी हाकिम अफ़सर चौधरी की पक्की दुमंज़िली हवेली पर आये। चौधरी ने उनका ख़ूब स्वागत–सत्कार किया। महुए का ठर्रा मँगाया और भद्दू के घर से उसका आख़िरी मुर्गा पकड़वाकर उन्हें खिलाया–पिलाया। ख़िदमत में कोई कोर–कसर नहीं उठा रखी। लेकिन जब हाकिमों ने उसे समझाया कि चौधरी यह कई गाँव के भले की बात है। जन कल्याण का कार्य है। इस सड़क के बन जाने से बनारस तक की आवाज़ाही खुल जायेगी। व्यापार बढ़ जायेगा। शहर में आमदोरफ़्त अच्छी–ख़ासी होगी तो भाव गिर जायेंगे। सस्ती का ज़माना आयेगा। तुम्हारे गल्ले के लिए भी मन माफ़िक़ मण्डियाँ होंगी। चाहे यहाँ बेचो या वहाँ बेचो। मन मुताबिक जो भाव देगा वहीं बेचोगे। फिर दो–चार–दस मण्डियों के आढ़तिये भी घर बैठे तुम्हारे दरवाज़े परहाज़िरी लगायेगे। चार–छह साल के भीतर ही तुम जी भर के रुपया पीट लोगे। इसलिए इस मैदान में से सड़क को गुज़र जाने दो। परती ज़मीन है, इसमें कोई फ़सल नहीं होती। क्या करोगे इसका?–तो चौधरी भजनलाल अचानक बहुत गम्भीर हो गया। अपनी पगड़ी ठीक की। मूँछों को उँगलियों से सँवारा और कहा–"माफ़ी चाहता हूँ। मेरी दरख़्वास्त पर ध्यान फ़रमाया जाय। इस चौहद्दी पर सड़क नहीं चढ़ेगी। सुना हुज़ूर लोगों ने? इस चौहद्दी पर सड़क नहीं चढ़ेगी, क्योंकि यह आबरू का सवाल है।" बाद में इस क्षेत्र के एम.एल.ए. आये। उन्होंने भी बहुत कहा बताया। भूदानी आन्दोलन के हरी भाई भी आये और उसने चौहद्दी दान में माँगी, लेकिन चौधरी भजनलाल ने कहा–"हरी भाई, आप दूसरी ज़मीन ले लो। कहो तो अपना सोनहा बाँध बाबा के नाम दान कर दूँ। लेकिन इस चौहद्दी को लेकर तो बात आबरू तक आ गयी है।"

बहरहाल, साढ़े सात साल तक वह दीवानी का मुक़दमा, सरकार बनाम चौधरी भजनलाल चला और कहते हैं फ़ैसला चौधरी के हक़ में हो गया। इसीलिए सड़क वहाँ पर हल की तरह टेढ़ी हो गयी है और चौहद्दी को बचाती हुई, आधी परिक्रमा करने के बाद, आगे निकल गयी है। मुक़दमा जीतने के बाद चौधरी भजनलाल कहा करता था कि मैंने गवर्नमेंट को चौहद्दी में चित कर दिया। लेकिन फ़ैसले की छमाही बीतते–बीतते अपनी आबरू बचाकर चौधरी भजनलाल भी चित हो गया। यानी 'टें' बोल गया।

तब से चौधरी के दोनों लड़कों ने इस मैदान को धर्म खाते में डाल रखा है। दोपहर घास–पत्ती चरने के बाद, थके–हारे, ढोर–डाँगर, बकरियाँ इसी चौहद्दी में बैठकर सुस्ताते हें। सालाना खेल–कूद भी यहीं होता है जिसमें फुटबाल का फ़ाइनल मैच हमेशा चौधरी का गाँव रामपुर ही जीतता है। चौधरी का बड़ा लड़का रुपया ख़र्च करके कॉलरी से खिलाड़ियों को बुलाता है और अपने गाँव की टीम में उन्हें खिलाता है। इस तरह से यह भी आबरू की बात है। लेकिन यह आबरू गाँव की है और इसके बच जाने पर सारे गाँव के लोग ख़ुश होते हैं।

चौधरी के बड़े लड़के का नाम चौधरी भीखमदास और छोटे का नाम हरसू प्रसाद है। हरसू प्रसाद ने अपने नाम के पीछे से 'चौधरी' हटा दिया है और इन्दौर में कारोबार में लगा है। लखपति है। वैसे भी चौधरी की पदवी परम्परा से बड़े लड़कों को ही प्राप्त हुआ करती थी। चौधरी भीखमदास भी अपने ख़ानदान के मुताबिक़ ही शीलवान और इज़्ज़तदार है, ग्राम पंचायत, सहकारी समिति का अध्यक्ष है और हाकिम, एम.एल.ए., मन्त्री, दरोगा, सब उसकी हवेली में बराबर आते–जाते रहते हैं। इधर उसने ईट के भट्ठे लगाकर और इमारतें बनाने का ठेका लेकर भारी रक़म कमाई है।

तो, हम फिर उसी चौहद्दी की ओर लौटें। चौहद्दी की ख्याति और प्रतिष्ठा के दो दूसरे कारण हैं। एक तो यह, कि हर साल मकर–संक्रान्ति में यहाँ मेला लगता है जिसमें आस–पास के क़स्बों

से किरानियों, बिसातियों, हलवाइयों और बफातियों की दुकानें आती हैं। चक्की, रहँट के अलावा जादू, हाथ की सफ़ाई, मौत का कुआँ वाले करतबी यहाँ आते हैं। पूरा हाट लगता है। तीन दिन तक इस चौहद्दी की शोभा और चहल–पहल देखने लायक़ होती है। कनातें और शामियाने तन जाते हैं। तम्बू लग जाते हैं। एकाध नौटंकी वाले भी आते हैं। इसके अलावा विकास खण्ड की तरफ़ से कृषि प्रदर्शनी और पशु प्रदर्शनी भी यहाँ होती है। कृषि प्रदर्शनी में हर साल सर्वोत्तम फल और अन्न पर पुरस्कार दिया जाता है जिससे किसानों को प्रोत्साहन मिले। चौधरी भीखमदास को कई सालों से ऐसा प्रोत्साहन दिया जाता है। कभी उसकी दो–फुटिया भिण्डी और कभी उसके कुम्हड़े को यह पुरस्कार दिया जाता है। पाँच साल पहले जो पशु प्रदर्शनी हुई थी, उसका भारी–भरकम अंग्रेज़ी नस्ल का साँड अब चौधरी भीखमदास के गोसार में ही रहता है और गाँव–भर की गायों के साथ विहार करता हुआ पशुओं की नस्ल सुधारने के उन्नत सरकारी कार्य में लगा हुआ है। इस साँड को छोड़कर गाँव के दूसरे सभी बैलों को बधिया कर दिया गया है क्योंकि इससे नस्ल ख़राब होने की गुंजाइश रहती है। इस मेले में जितनी दुकानें आती हैं उनसे तीन दिन तक प्रतिदिन और प्रति फुट के हिसाब से चौधरी किराया भी वसूलता है। कहते हैं इसमें उसे तीन–साढ़े तीन हज़ार की आमदनी होती है।

चौहद्दी की प्रतिष्ठा और ख्याति का जो दूसरा कारण है, वह ज़्यादा महत्त्वपूर्ण है। क्योंकि इस कहानी का समबन्ध इसी दूसरे कारण से ज़्यादा है। वैसे तो बिना चौहद्दी के कहानी बनती ही नहीं।

बहरहाल, होता यह है कि हर साल पन्द्रह–बीस दिन तक, राम–जन्म से लेकर रावण–वध तक, यानी दशहरा तक यहाँ रामलीला होती है। भारी संख्या में लोग देखने आते हैं। औरतें ख़ासतौर से। रामलीला रामपुर के लोग ही करते हैं। राम का

पार्ट हमेशा चौधरी भीखमदास का लड़का हरनारायण करता है, जो नवीं जमात में पढ़ता है। अच्छा गोरा चिट्टा घी, दूध खाया लड़का है इसलिए गाँव की औरतों, छोरियों और श्रद्धालु जनों की आँखें राम का रूप निहारते झपंतीं ही नहीं। कुछ लोगों का कहना है कि हरनारायण सीता के पार्ट में ज़्यादा खिलेगा और मर्द दिल थाम लेंगे। सीता पण्डित गयादीन का लड़का बनता है। वह भी खाते–कमाते घर का है और कुछ सुकुमार सा है।

रावण का पार्ट गाँव के मोची धनुख का लड़का समनू करता है, जो काला भुजंग है। और मेघनाद बनता है रमचन्दा कहार का भतीजा राधे। राधे चौधरी भीखमदास के घर पानी–बरतन का काम करता है और गाय–भैंसों को सानी–भूसा भी देता है। कुम्भकर्ण बनने के लिए गाँव के छोटे प्रधान चौधरी रामनाथ सिंह का पुत्र गोपालनाथ सिंह ही चुना जाता है। वह वर्जिश–पहलवानी करता है। खेतीबारी, काम–धन्धे में उसका मन नहीं लगता। गाँव की लड़कियों को छेड़ता रहता है और बाइस साल का होकर भी नवीं जमात में ही पढ़ता है। काफ़ी मोटा–तगड़ा है–उसे कुम्भकर्ण एक तरह से मजबूरी में ही बनना पड़ता है, क्योंकि नीची जाति के लड़के सारे मरियल से लगते हैं। हाड़–हाड़ दिखाते हुए। जैसे सालों को जन्म–भर अन्न न मिला हो। मर भुक्खड़।

राम बनकर हरनारायण जब निकलता है चौधरी भीखमदास के मन में भी भक्ति–भाव जाग उठता है। उसका भी मन होता है कि वे हरनारायण के पैर पकड़ लें और उसके चरणों पर अपना माथा धर दें। जब धनुष यज्ञ के बाद वह सिंहासन पर बैठ जाता है तो उसके मुकुट की झलमलाती हुई चमक पेट्रोमेक्स की रोशनी में और भी दिव्य लगती है। मेघनाद द्वारा मारे गये शक्तिबाण से जब लक्ष्मण मूर्च्छित हो जाते हैं तब हरनारायण चौपाइयों और नौटंकी की कवित्त में विलाप करता है। उसकी आवाज़ इतनी दर्दीली और कारुणिक होती है कि औरतें रोने लगती हैं। चौधरी भीखमदास की आँखों में भी आँसू छलक आते हैं और

उनका मन होता है कि मेघनाद बने हुए राधे का टेंटुआ मसक दें। काम चोर! घर में एक काम कहो तो घें–घें करता हुआ अजगर की तरह चलता है। जल्दी में कहीं जाना हो तो इसके भरोसे गाड़ी छूट जाय। रामलीला ख़त्म हो जाने के बाद भी चौधरी भीखमदास हरनारायण को राम ही की तरह दुलार–प्यार से रखते हैं और ख़ुद को भीतर–भीतर, चोर मन से, दशरथ मानते हैं। हाँ, राधे को उन्होंने हमेश ामेघनाद ही समझा है। राक्षस!

रामलीला में सबसे ज़्यादा शामत आती है सूमनू पर, जो रावण का पार्ट खेलता है। राम उसे पहले बाण से मारते हैं। बाण बाँस की कमटियों को चीरकर बनाये जाते हैं जो अच्छा–ख़ासा चुभते हैं। हरनारायण के धनुष से निकले हुए कमटियों के तीर उसके सारे शरीर पर लगते हैं। हरनारायण का निशाना भी कच्चा है और थोड़ा वह रौब में भी रहता है इसीलिए बिना सोचे–समझे, देखे–सुने, जगह बेजगह मार देता है। एक बार एक बाण तो समनू की दायीं आँख के कोयों के ठीक ऊपर लगा था। एक सूत नीचे हो जाता तो बस–लुप्प। फिर हनुमान की लातें भी उसे ही झेलनी पड़ती हैं। पण्डित गयादीन का भाँजा नरेश प्रसाद, जो हनुमान बनता है, अपनी साल–भर की खुंदक उसी दिन निकालता है। राम–रावण युद्ध में हरनारायण फिर तलवार से लड़ते हैं और गदा भी मारते हैं। मुष्टिका प्रहार भी होता है। इस सबके बीच, सारी चोट सहते हुए समनू को रावण के पार्ट के मुताबिक़ ही अट्टहास करना पड़ता है। जितनी बार उसे बाण लगते हैं, वह हँसता है...अघ् घ् घ्–हा–हा–हा–हो–हो। जितनी बार हनुमान जी लात मारते हैं वह अट्टहास करता है। जितनी बार मुष्टिका प्रहार और गदा का वार होता है, वह हँसता है। उतनी ही ऊँची, भयावनी आवाज़ में, अपने कण्ठ की सारी ताक़त के साथ। अघ् घ् घ्–हा–हा–हो–हो। इस आवाज़ के पीछे दर्द की पूरी दास्तान होती है। सुनने वाले श्रोता अगर ग़ौर करें तो इसे जाना जा सकता है। डेढ़ घण्टे के राम–रावण संग्राम में उछलता, कूदता

समनू चोट खा–खाकर अधमरा–सा होने लगता है। कमटियों की नोक जब चुभती है और नरेश पण्डित के लात पड़ते हैं तो उसके होंठ भिंच जाते हैं, आँखों में पानी चुह–चुहा आता है, गले में एक दबी–घुटी हुई सिसकी कंचे की तरह अटक जाती है। फिर भी वह अट्टहास करता है। वानर–भालू लात–घूँसे मारते हैं तो वह गिर–गिर पड़ता है, लेकिन हर बार उसका अट्टहास और भी ज़्यादा डरावना, और भी ज़्यादा दानवी होता जाता है– अघ्–घ्–घ्–हा–हा–हा–हो–हो–हो–ऽ। सुनने वाले बारीक़ी के साथ इस अट्टहास में छिपे ध्वनियों के हर रेशे को पकड़ें तो कहा जा सकता है कि यह सिसकी और चीख़ की सुरंग से पझर कर आती हुई आवाज़ है। लेकिन श्रद्धालु जनता समनू के हर अट्टहास पर तालियाँ बजाती है और गगनभेदी आवाज़ उठती है–बोल सियापति रामचन्द्र की जय। पवनसुत हनुमान की जय।

फिर भी पिछले दो–तीन सालों से दर्शकों की संख्या में गिरावट आ रही थी। लोग धनुष–यज्ञ, सीता–स्वयंवर, रावण–वध की रात ही आते। ज़्यादातर रामलीला सूनी ही निकल जाती थी। वजह यह थी कि पास के शहर बिलासपुर में टाकीज बन गयी थी। लोग सिनेमा देखने लगे थे। इसके अलावा आसपास के क़स्बों में नौटंकी पार्टियाँ भी आती रहती थीं। लोग ज़िन्दा नाच देख चुके थे। इसीलिए अब इस गाँव के, अपने ही मोहल्ले के लड़कों को रामलीला में देखकर रस नहीं आता था।

इस बार एक ख़ास बात हुई। चौधरी भीखमदास के छोटे भाई हरसूप्रसाद जो इन्दौर में व्यापार करते थे, इन्होंने एक चिट्ठी अपने बड़े भाई के पास भेजी। चिट्ठी का मज़मून कुछ इस प्रकार था।

ओम हरि।

शुभ लाभ।

जोग लिखी पाती सिरी पूजनीय बड़े साहब चौधरी भीखमदासजी, रामपुर वालों को अनुज हरसूप्रसाद की तरफ़ से

सादर चरण बन्दगी पहुँचे। अपरंच हाल समाचार है कि यहाँ सब राज़ी–खुशी, कुशल–मंगल है। तत्पश्चात् बजरंगबली लाल लंगूर पवनसुत से करबद्ध बिनती है कि वहाँ भी सब राज़ी–खुशी हो। आगे अहवाल लिखा यह है कि इस साल परमपिता लक्ष्मीनारायण जी की कृपा से कारोबार में भारी मुनाफ़ा हुआ है। विदित हो कि बम्बई मण्डी का चाँदी का सट्टा हमारे फर्म के नाम से खुल गया है। अस्तु विचार किया है कि 3000 (अंकन–तीन हज़ार) रुपया पुण्य लाभ हेतु धरम खाते में दान दिया जाये। आपको यह सूचित करते हुए अपार हर्ष होता है कि पूज्य स्वर्गवासी बप्पा की यादगार चौहद्दी में जो रामलीला होती है, उसमें इस साल आलीशान रामलीला का इन्तज़ाम किया जाय। अगर जुगाड़ बैठे तो बिलासपुर की लीला कम्पनी वाले, सिरी महन्त घनश्यामदास चतुर्वेदी जी से बातचीत की जाय। और जैसा इन्दौर, दिल्ली, कलकत्ता जैसे बड़े शहरों में होता है, रावण–कुम्भकर्ण के पुतले बनवाये जायें। आगे मद लिखा तीन हज़ार रुपया (अंकन–3000 रुपये) चौहद्दी रामलीला वास्ते हलफ़ किया। घटी–बढ़ी आप सँभाल लेना बाद में बरोबर कर दिया जावेगा।

आपका आज्ञाकारी चरणसेवक

हरसूप्रसाद, बजरंगी सर्राफ, इन्दौर वाले।

चौधरी भीखमदास ने इस पत्र को अपनी बैठकी में गाँव के मुखिया, प्रधान, हाकिम–हुक्कामों के सामने कई बार बाँचकर सुनाया। बीच में वे चाँदी के सट्टे और भारी मुनाफ़े वाली बात गोलकर जाते थे। ज़माने की नज़र और ईमान का क्या भरोसा, सुनने वाला कौन आदमी कैसा हो। सभी के पेट में ज़हर के दाँत होते हैं–ऊपर से कोई गिन नहीं सकता।

रामलीला की तारीख़ को एक हफ़्ता एक दिन रह गया है, तभी एक दिन एक दोपहर, बैठकी में पण्डित गयादीन ने बतलाया कि पासी टोला में ठूनू पासी का लड़का किशनू पुतला बनाने का काम करता है। खेत–बारी कुछ है नहीं। मरियल सा

है इसलिए भारी मेहनत–मज़दूरी भी नहीं कर सकता। उसका धन्धा ही यही है। दुर्गा पूजा में दुर्गा मैया की मूर्ति बनाता है। दशहरे में पुतले बनाता है। अपनी कला में माहिर है। पता नहीं लौण्डे के हाथ में कौन–सा गुण है...जादू है कि बस, माटी में प्राण फूँक देता है। बिलासपुर के नामी–गिरामी दुर्गा पूजा कमेटी वाले भी उसी से मूर्तियाँ बनवाते हैं। ख़ासा नाम कमाया है साले ने। कहते हैं पिछले साल बिलासपुर के बैंक दुर्गापूजा कमेटी वालों के लिए दुर्गा मैया की ऐसी नकल बनायी थी कि लगता था अभी मैया पलकें झपका लेंगी। अभी होंठ हिल पड़ेंगे। बिजली की कारीगरी भी जानता है। माँ भवानी के हाथ का चक्र इसी कारण घूमता रहता था। कहते हैं मैया के चरणों तले पड़े हुए राक्षस का चेहरा–मोहरा ऐसा डरावना बनाया था कि बच्चे डर के मारे थरथराने लगते थे। पेशाब निकल जाती थी। पुजारी की भी अकेले हिम्मत नहीं पड़ती थी कि आरती उतार ले। आरती करने जाता था तो दुर्गा सप्तपदी की जगह हनुमान चालीसा पढ़ने लगता था। यह भी कहते हैं कि उस राक्षस की कुछ दिनों में दाढ़ी–मूँछें भी उगने लगी थीं। वह तो बाद में पता चला कि किशनू ने मूर्ति बनाने से पहले मिट्टी में उड़द डाल दिया था, जिससे मिट्टी चिकनी रहे और सूखने पर दरारें न पड़ें। नमी पाकर उसी उड़द के दाने उग आये थे।

पण्डित गयादीन ने कानाफूसी के अन्दाज़ में यह भी चौधरी भीखमदास को बतलाया कि किशनू का बाप ठूनू पासी भजनलाल का पुराना क़र्ज़दार था। चौधरी भजनलाल के देहान्त के तीन साल पीछे वह भी फौत हो गया था। ड्योढ़े के हिसाब से सौ रुपये मूलधन के तीस साल में सोलह सौ रुपये हो जाते हैं। अगर सवाई का सूद लगाया जाय तो भी हजार के आस–पास बैठता है। चौधरी भीखमदास प्रसन्न हो गये थे। अगर पुतले का काम मुफ़्त में बन जाता है तो हरसू ने जो पैसे भेजे हैं उनमें से अच्छी रक़म बच जायेगी जिसको सरपंची के चुनाव में ख़र्च किया

जा सकता है। उसी दिन चार बजे शाम उन्होंने अपने कारिन्दे छोटेलाल को साइकिल में पासी टोला भेज दिया। किशनू को पकड़ने।

सात मील की दूरी तय करके जब छोटेलाल हाँफता हुआ पासी टोला पहुँचा तब तक दिया–बत्ती का समय हो गया था। धुँधलका लगातार गहराता जा रहा था। किशनू पासी का घर गाँव के बाहर पोखर से लगा हुआ था। घर क्या था, मिट्टी का एक घरौंदा सा था जिसके छप्पर पर जंगल से काँस काटकर डाल दिया गया था। एक छोटी–सी कोठरी थी जिसमें मिट्टी के तेल की ढिबरी जल रही थी। पोखर के किनारे से मिट्टी खोदकर उसे सान लिया गया था और फिर थपाकर भीत खड़ी कर ली गयी थी। लेकिन इस छोटे से माटी के घरौंदे में भी एक अजीब तरह की सुघड़ता थी। लगता था जैसे हस्तकला प्रदर्शनी के लिए झोपड़ी का कोई ख़ूबसूरत नमूना तैयार किया गया हो।

जिस छोटी–सी कोठरी में ढिबरी जल रही थी किशनू उसी में बंस खट पर लेटा हुआ था। फ़र्श पर कैंची, दस–बारह क़िस्म की छेनियाँ, चाकू, रंग इत्यादि बिखरे हुए थे। कोने में एक तिपाई थी जिस पर मिट्टी की एक काली मूर्ति रखी हुई थी। यह मूर्ति किसी गंजे आदमी की थी जिसकी ठुड्डी पर दाढ़ी थी। उसने फ़ौजी टाइप का ओवरकोट पहन रखा था। वह आदमी देखने में ठिगने क़द का लगता था। उसका एक हाथ ऊपर की ओर, हवा में उठा हुआ था जिसकी मुट्ठी तनी हुई थी।

किशनू छब्बीस–सताईस साल का सींकिया जवान था। उसके चेहरे पर हफ़्तों से दाढ़ी न बनने से बालों के कड़े ठूँठ काफ़ी बढ़े गये थे। उसेन गजी का कुर्ता पहन रखा था और तहमत बाँध रखी थी। छाती के बटन खुले हुए थे। शायद बटन थे ही नहीं। खुली हुई छाती की पसलियाँ गिनी जा सकती थीं। कन्धे से गले तक आने वाली दोनों हड्डियाँ काफ़ी उभरी हुई थीं।

कारिन्दा छोटेलाल ने किशनू को देखा तो देखता ही रह

गया। इस छटाँक–भर के आदमी में इतना गुण! जब उसने उसे चौधरी भीखमदास को आदेश सुनाया तो किशनू ने मुँह बिचका लिया। उसने कहा–"भाई छोटेलाल जी, मेरे पास कोई जर–ज़मीन तो है नहीं। साल भर में दो ही सीजन मेरे धन्धे में आते हैं। इसी में जो दो–चार सौ रुपये मिलते हैं उनसे मेरा और बच्चों का पेट चलता है। कल ही बिलासपुर के पाँच पुतलों के ऑर्डर मिले हैं। परसों सवेरे से वहाँ जाकर मुझे काम करना है। जो भी दो–ढाई सौ रुपये मिलेंगे उनसे अगले सीजन तक का समय गुज़ारना पड़ेगा। चौधरीजी रुपये तो देंगे नहीं, अलबत्ता हुकुम जरूर गाँठेंगे। ऐसी किचपिच का काम मुझे भाता नहीं। हाँ, अगर तुमसे सौदा वग़ैरह तय करके भेजा हो तो बात करो–माफ़िक़ पड़ेगा तो आ जाऊँगा।"

छोटेलाल सन्न रह गया। नदी में रहकर मगर से बैर! साले को शहर की हवा लग गयी है। इसी समय काँसे के गिलास में चाय लेकर किशनू की बीवी वहाँ पहुँची। छोटेलाल फिर देखता ही रह गया। पूरा कलाकार है साला। ऐसी चीज़ छाँटी है कि आँखें चुँधिया जाती हैं। पूरी दुर्गा मैया लगती है। बड़ी–बड़ी टकोरे जैसी आँखें, सुता हुआ शरीर। मक्शन की लोई से बनायी गयी बाँहें। साफ़–सुथरी बारीक़ छेनी से तराशी गयी पतली सी नाक। गहड़ी में कमल खिला है। छोटे लाल रसविभोर हो गया था।

कारिन्दा छोटेलाल ने लौटकर जब चौधरी भीखमदास को किशनू के इनकार की बात बतायी तो वह अँगारा हो गया। जैसे बबूल के पुराने कँटीले ठूँठ में आग झोंक गयी हो। उसका चेहरा चूल्हे की लपटों की तरह भभकने लगा। गुस्से के मारे मुँह में आ आ गये।–"साला मादर...शहराती बन गया है। शहर के हलवाइयों का जूठा दोना क्या चाट लिया, तीस मारख़ाँ बन गया। बता देना उसे, होटल की जलेबी खाने से रोयें झड़ जाते हैं और खौरा हो जाता है। नमक का लिहाज़ भी नहीं रहा उसे। पूड़ी में गू पोंछता

है—हरामजादा। कमीन के साथ यही होता है। सीधी उँगली से घी नहीं निकलती।"

ख़ैर, इस बार चार कारिन्दे भेजे गये किशनू को पकड़ने और रात के बारह बजते—बजते उसे ले आया गया। सारी रात उसे हवेली की ड्योढ़ी पर बिठाये रखा गया। वह बहुत तड़पा लेकिन कोई फ़ायदा नहीं। रास्ते में एक बार बड़े नाले के पास ट्टी का बहाना बनाकर उसने चरका देने की कोशिश भी की, लेकिन डेढ़ सेर के एक खड्डूस से आदमी के लिए चार—चार लट्ठबाज़ कारिन्दे काफ़ी भारी पड़ते हैं।

दूसरे दिन सबेरे चौधरी की बैठकी में उसकी हाज़िरी हुई। पण्डित गयादीन चौधरी भजनलाल के ज़माने की लाल रंग की टीप बही लेकर बैठे थे। उन्होंने किशनू के बाप ठूनू पासी के द्वारा लिए गये क़र्ज़ का टीपना पढ़ा। किशनू ने कहा, "लेकिन पण्डित, मेरा बाप तो बाईस साल तक यहीं चौधरीजी की ड्योढ़ी पर खटते—खटते मर गया।" पण्डित गयादीन ने आँखें तरेरीं और मय सूद के हिसाब लगाया तो सोलह सौ रुपये बैठे। किशनू की तबियत मिर्च हो गयी। उन्होंने ठूनू पासी का निशानी अँगूठा भी काग़ज़ पर लगा दिखाया। किशनू के भीतर एक अकबकाहट गुड़—गुड़ हो रही थी, लेकिन इतने खूँखार गिद्ध लोगों के सामने कुछ कहते ही देह की ख़ैर नहीं थी। चुप लगा गया।

किशनू ने चौहद्दी में अपना काम शुरू कर दिया। रामलीला शुरू हो चुकी थी और राम—रावण संग्राम तथा रावण—वध के लिए मुश्किल से छह दिन शेष थे। चौधरी ने किशनू से कह रखा था कि अगर समय पर पुतले तैयार नहीं हुए तो घर और जोरू की ख़ैरियत नहीं। सब कुछ ठूनू पासी की क़र्ज़ अदायगी में शुमार माना जायेगा। जब छोटेलाल ने किशनू की बीवी का रूप बखान किया तो चौधरी भीखमदास के मुँह में फेनदार लार भर आया। वे अपनी चमकदार आँखों से छोटेलाल को स्वादपूर्वक देखते रहे।

छोटेलाल में उन्हें किशनू की बीवी का मांसल कमनीय शरीर दिखायी दे रहा था।

रावण, कुम्भकर्ण और मेघनाद के तीन पुतले बनने थे। मेहनताने की कोई बात चौधरी ने नहीं की थी। सब ठूनू पासी की क़र्ज़ अदायगी में शुमार माना जायेगा। आज पहली मरतबा किशनू को अपने बाप पर दया आयी और मन श्रद्धा से भर गया। सौ रुपयों के पीछे वह बाईस वर्षों तक अपना हाड़ तोड़ता रहा, पसीना बहाता रहा, दिन–रात चौधरी के खेतों के साथ जूझता रहा, ईंटें थापता रहा...और आख़िर में निचुड़–निचुड़ कर मर गया। लेकिन मूल धन बना ही रहा। सूद तक अदा नहीं हुआ। दद्दा चौधरी ने जिस तरह तुम्हारा हाड़ गलाया है...तुम्हारी देह को गन्ने की तरह निचोड़कर जैसा अपनी मूँछों में गुड़ लगाया है...मैं उसका पूरा दर्द जानता हूँ दद्दा। पूरा क़िस्सा मुझे मालूम है। किशनू के पेट से कोई ख़ाली गुब्बारा ऊपर उठा और छाती तक आते–आते फूट गया। उसकी आँखें पनीली हो गयी थीं।

चौहद्दी के ठीक बीचों–बीच बाँस, बसूला, सरौता, कीलें, सुतली, पन्नी, पतंगी काग़ज़ और लेई के साथ किशनू अपने काम में लगा रहता। एक दिन पूरा ख़त्म हो गया और केवल रावण की टाँगें तैयार हो पायीं। किशनू लगातार बीड़ी फूँका करता था। पाँच मिनट के लिए भी उसके मुँह से बीड़ी अलग नहीं होती थी। जब एक बीड़ी मुँह में होती तो वह कट्टे से दूसरी बीड़ी निकालकर कान में खोंस लेता था। दिनभर में दो कट्टा बीड़ी और एक पैकेट सिगरेट का ख़र्चा होता था। ऐसी धुआँधार फुँकाई वह सिर्फ़ काम के दिनों में ही करता था।

बीड़ी–सिगरेट ख़त्म हो गये तब किशनू ने राधे कहार के हाथों चौधरी को खबर भिजवायी। राधे दो कट्टे बीड़ी लेकर आया। बाद में, ज़रा देर पीछे चौधरी भीखमदास और बी.डी.ओ. पण्डित गयादीन और छोटे प्रधान रामनाथ सिंह के साथ काम का मुआयना करने पहुँच गया। चौहद्दी में, जहाँ किशनू अपने काम के साथ

जूझ रहा था। रावण, कुम्भकर्ण का कोई चिह्न नहीं था। केवल बाँस की खपच्चियाँ और पतली सलाइयों जैसी कमटियाँ सुतली में बँधी हुई थीं। किशनू की उँगलियाँ मशीन की तरह गाँठ पर गाँठ बनाती जा रही थीं। चौधरी भीखमदास परेशान हो गया। उसे कहीं गड़बड़ी का अहसास हुआ। उसने पण्डित गयादीन को शंका–भरी नज़रों से देखा। यही है तुम्हारा कलाकार लौण्डा। पता नहीं क्या होगा। उसे अपनी आबरू का ख्याल आया। उसने पगड़ी ठीक की। मूँछों को उँगलियों से सँवारा फिर बोला "अबे ओ कमीन, कहाँ है रावण? यही बनाता है? हमें चूतिया समझ रखा है? चार दिन रह गये हैं और तू हमारी बेइज़्ज़ती कराने पर तुला हुआ हे। साले को दम–दम पर सिगरेट चाहिए...कमीन कभी सिगरेट पीता है? शहर की हवा एक जूते में फुस्स हो जायेगी। आज से साले की बीड़ी हभी बन्द।" बी.डी.ओ. भी आँखें फाड़–फाड़ कर रावण, कुम्भकर्ण के निशान चीन्हने की कोशिश करता रहा फिर निराशा में सिर घुमा लिया और चौधरी के साथ हें–हें करने लगा। पण्डित गयादीन ने अर्ज़ किया–"नहीं चौधरीजी, साला कामचोरी कर रहा है। जरा दिमाग़ का सनकी है। कोई बात बैठ गयी होगी! आप ज़रा–सा डण्डा डाल दो, फिर भूत की तरह काम करेगा। भगवान जिसे हुनर देता है उसके दिमाग़ का कोई पेंच–पुर्जा ढीला छोड़ देता है।" किशनू चुप ही बैठा रहा, उँगलियाँ उसी तरह गाँठ बनाने में लगी रहीं। चौधरी भीखमदास पल दो पल उसे घूरता रहा फिर बोला–"कान में खपच्ची ठोंक रखी है क्या? चूतिया समझ रखा है हमें? यहीं खनकर गाड़ देंगे हरामजादे।" किशनू उठा, अपनी खुनकती कमर पर हाथ रखा। जोड़–जोड़ में दर्द की गाँठें बन गयी थीं जो चिटक कर खुलने लगीं किशनू ने कहा–"चौधरीजी, बहुत हो गया। बाप के नमक का लिहाज़ कर रहा हूँ वरना एकाध बात ऐसी–वैसी जुबान से निकाल देता। आप चुपचाप देखते रहो, ये मेरा काम है। वक़्त पर न बने तो कहना। जुता हुआ हूँ...देह के ज़ोर की भी तो कोई

हद होती है।" चौधरी उसे थोड़ी देर घूरता रहा, फिर चला गया।

किशनू के पास पैसे नहीं थे। राधे से मस्का मारकर बीड़ियाँ मँगाता रहा। सिगरेट बन्द हो गयी थी। खाना भी चौधरी के घर से बचा हुआ, ठण्डा आता था। उसने सोने के घण्टे घटा दिये। दो घण्टे सोता था और सारी रात बाँस की खपच्चियों, बसूले, काग़ज़ और कमटियों के साथ खटता रहता था। दो दिन में ही आँखें गड्ढे में धँस गयीं। पपोटे कालिख के रंग के हो गये। न नहाने की वजह से शरीर से चिरायँध गन्ध उठने लगी। उबकाई आती थी। बीड़ी का कश खींचते ही कुकरखाँसी का दौरा पड़ जाता था। फेफड़ा उलट जाता था और आँतें गुड़ीमुड़ी हो जाती थीं। खाँसी का दौरा बढ़ता ही जाता था। कई बार तो किसी बिगड़े हुए इंजन की तरह उसका शरीर देर–देर तक खाँसी के झटकों में थरथराता रह जाता था। वह सिर को अपने घुटनों के बीच डालकर केंचुए की तरह कुलबुलाने लगता था। कई–कई बार ख़ून के क़तरे कफ के साथ बाहर निकलते और होंठों पर लिथड़ जाते थे। कुर्ते की बाँह से मुँह पोछकर वह फिर जुट जाता था। जब एक दिन रह गया तो उसने खाना भी छोड़ दिया। खाना खाते ही खुमारी चढ़ने थी और नींद वज़नी पत्थर की तरह दिमाग़ पर तारी हो जाती थी।

उधर महन्त घनश्यामदास चतुर्वेदी बिलासपुर वाले की लीला कम्पनी से समाँ बाँध रखा था। आस–पास के गाँवों में तहलका मचा हुआ था। चौधरी भीखमदास ने प्रचार के लिए पर्चे छपाये थे जिसे कारिन्दे और बेढ़–बेगार में पकड़े गये लोग आस–पास के गाँवों–क़स्बों में बाँट आये थे। मौसम में ठण्डक बढ़ी नहीं थी। क्वार का महीना था। दर्शकों की संख्या बढ़ती जा रही थी।

महन्त घनश्यामदास कसरत वग़ैरह किया करते थे और लंगोटबन्द थे। उन्होंने अपनी रामलीला में राम का पार्ट फिर से चौधरी भीखमदास के लड़के हरनारायण को दिया था। वे चौधरी की हवेली में एक कमरा भीतर से बन्द करके उससे दिनभर रिहर्सल करवाया करते थे। किसी को भी उस ओर जाने की

मनाही थी। महन्तजी के लिए चौधरी के घर से बादाम, छुहारा, किशमिश और दूध बँधा हुआ था। लोगों का कहना था कि इस बार की रामलीला में हरनारायण की शोभा और सुकुमारता और बढ़ गयी थी। बल्कि इस बार तो दूर देहात के कुछ लोग खुलेआम यह कहने लगे थे कि हरनारायण जनकदुलारी सीता के पार्ट में और भी जमेगा।

अगली शाम को राम–रावण संग्राम होना था। लोगों की तादाद आज और अधिक बढ़ने लगी थी। क्योंकि आज ही राम का राजतिलक था और इसी के साथ रामलीला का विसर्जन होने वाला था।

हरसूप्रसाद भी इन्दौर से आ गये थे और पूरे आयोजन में बराबर दिलचस्पी ले रहे थे। वे भी टहलते–घूमते कई बार किशनू के काम का मुआयना करने जा चुके थे और उसकी जोंक जैसी रफ़्तार के लिए उसे खरी–खोटी जा–बेजा सब सुना चुके थे। गाली–गुफ्ता भी की थी। सिर्फ़ अपने जगन्नाथी बेंत का इस्तेमाल नहीं किया था।

किशनू को सींक आने लगी। दम उखड़ जाता था। रात–भर वह पन्नी और पतंगी काग़ज़ लेई लगाकर बाँस की कमटियों के ढाँचे पर चिपकाता रहा था। एक मिनट के लिए भी नहीं सोया था। आँखें जल रही थीं और अँगारे की तरह लाल हो रही थीं। लगता था जैसे अभी उनमें से लहू रिस आयेगा। दोपहर होते–होते धूप में आँच बढ़ती गयी। सिर भन्नाने लगा। उसने राधे से माँग कर बीड़ी का एक सुट्टा जैसे ही खींचा, उस पर कुकरखाँसी का एक जानलेवा दौरा पड़ा। लगा जैसे मरने के पहले वह कलप रहा हो। आँखें उलट गयीं और उन पर राख जैसी परत चढ़ गयी। चेहरा सफ़ेद हो गया जैसे किसी ने सारा रक्त निचोड़ लिया हो। लगभग दस मिनट तक वह चौहद्दी के बीचों–बीच किसी गोली लगे जानवर की तरह फड़फड़ाता रहा। राधे के मुँह से चीख़ निकल गयी, उसने लोटे का पानी, जो किशनू के पीने

के लिए था, पूरा का पूरा उसके सिर पर उँड़ेल दिया। लेकिन किशनू निस्पन्द था। कोई हरकत नहीं हो रही थी। राधे हवेली की ओर ख़बर देने दौड़ा। वह मुश्किल से बीस क़दम गया होगा कि एक कहीन–सी आवाज़ सुनाई पड़ी। किशनू उसे बुला रहा था। वह फिर पुतलों के कंकाल के साथ जुड़ गया था।

रात के अँधेरे में तीन पुतले खड़े थे। ऊपर तक रोशनी नहीं पहुँच पाती थी। सिर्फ़ उनका धड़ दिखलायी पड़ता था। बाँस की खपच्चियों के भीतर आतिशबाज़ी के तमाम खिलौने फिट थे। आतिशबाज़ी का सारा सामान बिलासपुर के मशहूर आतिशबाज़ नजीरुद्दीन की दुकान से स्पेशल ऑर्डर पर मँगवाया गया था।

रावण का पुतला सबसे बड़ा था। लगभग पच्चीस–तीस फुट ऊँचा। कुम्भकर्ण और मेघनाद के पुतले भी बाईस–पच्चीस फुट ऊँचे थे। रामलीला शुरू थी। राम–रावण संग्राम पूरी बुलन्दी पर था। राम बना हुआ हरनारायण आज बड़े सधे हाथों से रावण पर प्रहार कर रहा था। अचानक सियावर रामचन्द्र की जय की गगनभेदी आवाज़ उठी और राम अपनी सेना के साथ स्टेज के नीचे उतर आये। उनके अगल–बगल सात–आठ नीची जाति के छोकरे सिर पर पेट्रोमेक्स उठाये चल रहे थे। राम को अग्निबाण से रावण पर प्रहार करना था। पुतलों के सारे शरीर में पटाखों की बत्तियाँ निकली हुई थीं। कोई भी एक बत्ती सुलगती तो उसका सम्बन्ध शरीर की शिराओं की तरह पुतले के हर अंग से जुड़ा हुआ था। कमर से एक मोटी बारूद की बत्ती रावण, कुम्भकर्ण और मेघनाद को जोड़े हुए थी।

हर साल रावण बनने वाला समनू इस बार पिटने से बच गया था और अपने हमउम्र छोकरों के साथ गैंग बनाकर रावण के पुतले से दस गज़ दूर खड़ा हुआ था। उसे आज बहुत मज़ा आ रहा था। दर्शकों की संख्या तीन–चार हज़ार के आस–पास थी।

राम ने धनुष टंकार किया। टंकार के लिए पटाखे दागे

गये। सियावर रामचन्द्र की जय। उन्होंने पहला अग्निबाण छोड़ा। सियावर रामचन्द्र की जय। अग्निबाण रावण तक पहुँचा ही नहीं, बीच में ही ज़मीन पर गिरकर फुस्स हो गया। हरनारायण के चेहरे पर चिन्ता उभरी। उसने दूसरा अग्निबाण छोड़ा। फिर से सियावर रामचन्द्र की जय। इस बार भी बाण बीच में ही–हवा में बुझ गया। शायद किरोसिन ठीक से लत्ते में नहीं डाला गया था। हरनारायण परेशान हो गया। दर्शक चिन्तित हो गये। खुसुर–फुसुर होने लगी। राम ने तीसरा बाण छोड़ा। इस बाँस की कमटी से बने बाण के आगे लिपटे हुए कपड़े के लत्ते में ढेर सारा मिट्टी का तेल भिगा दिया गया था। बाण सीधा रावण की नाभि पर टकराया और बारूद की बत्ती सुर्र से जल उठी।

रावण के हाथ में अनार फिट था। अनार झरझराकर जलने लगा तो तेज़ रोशनी हुई। रावण का चेहरा ऊपर की ओर तना हुआ था। पूरा चेहरा दिख गया। एकदम साफ़। कहीं कोई बाल बराबर फ़र्क़ नहीं। जनता में कानाफूसी शुरू हो गयी–अरे देखो, यह तो चौधरी भीखमदास का पुतला मालूम होता है। कमाल बनाया है किशनू पासी ने।

तभी कुम्भकर्ण का चेहरा भी आतिशबाज़ी की चमकदार रोशनियों में झलका। समनू के गेंग ने अचानक ज़ोरदार नारा लगाया–हरसू...देखो हरसूप्रसाद। बोलो हरसूप्रसाद की....। मेघनाद के पुतले को देखने की किसी ने ज़रूरत नहीं समझी। रामचन्द्र सन्न रह गये। और अपनी जमात में खड़ा हुआ, हर साल रावण का पार्ट करने वाला समनू अचानक अट्टहास कर उठा–अ घ् घ् घ हा–हा–हा–हो–हो–हो। उसका अट्टहास चौहद्दी के ऊपर के आकाश में देर तक गूँजता रहा।

सुनने वाले श्रोता अगर ग़ौर फ़रमाते तो जान सकते थे कि इस साल समनू के अट्टहास में कोई सिसकी या चीख़ नहीं अटकी हुई थी बल्कि एक उमगती हुई किलकारी उसमें शामिल थी।

दद्दू तिवारी : गणनाधिकारी

वे दिन बहुत पुराने हो गये जब दद्दू तिवारी अभी–अभी जुते खेत की नम मिट्टी में समनू, जैपाल, रमना, रमेश और तमाम गाँव के लड़कों के साथ कबड्डी खेला करते थे। गाँव के दूसरे छोर पर बने तालाब के किनारे अपनी चड्डी, बनियान उतारकर रख देते थे और नंग–धड़ंग पानी में घुसे रहते। शर्म के साथ उनका परिचय तब तक नहीं हुआ था। नदी जाते तो सारी दोपहर केकड़े पकड़ते या नदी के पत्थरों और काई–कूई हटा–हटाकर तेलफूँ और गड़नू मछलियाँ खोजते। तब दद्दू तिवारी में ब्राह्मणत्व नहीं पैदा हुआ था, तब तक वे 'द्विज' नहीं थे क्योंकि कई बार रमना और जैपाल के साथ नदी किनारे की रेत में उपलों–कण्डों में भूनकर सोंधी–सोंधी कोतरी मछलियाँ उन्होंने नमक–मिर्च के साथ खायी थीं। तब उनमें जाति की ऐसी भावना भी पैदा नहीं हो पायी थी। क्योंकि कई बार समनू का जूठा अमरूद खा लेते, सरई के पत्तों से बनाई गयी चोंगी में तम्बाकू भरकर एक ही चोंगी में सभी वर्णों के लड़के सुट्टा मारते। उनमें जाति–भेद की भावना तब पैदा नहीं हुई थी इसकी पुष्टि इस तथ्य से और भी हो जाती है कि वे अरहरिया में गाँव के मोची गनेसवा की लड़की दुअसिया के साथ दो बार उसका होंठ चूसते हुए रँगे हाथ पकड़े गये थे।

वे दिन सचमुच पुराने हो गये। तब दद्दू तिवारी के पास एक बनियान थी जिसमें दुनिया–भर का मैल लिथड़ा रहता था।

तब दद्दू तिवारी की चूतड़ और घुटनों में अक्सर फोड़ा निकला रहता था, जिस पर मक्खियाँ भिनभिनाया करती थीं। उनकी नाक भी बारह महीनों बहती थी, कभी–कभी वे उस ओर अपनी जीभ घुमा लिया करते थे।

अब तो तिवारी जी छह फुट लम्बे हो गये थे। शरीर उनका महात्मा गाँधी मार्का ही था लेकिन भुजाएँ आजानुबाहु थीं। लम्बी–लम्बी भुजाएँ घुटनों तक पहुँचती हुईं। छोटी–छोटी कंजी सी आँखें, नीचे की ओर बढ़ती हल्की–भूरी मूँछें, और निहायत पतली कमर। वे चलते तो लगता जैसे बाँस की लाठ ने चलना सीख लिया है। दद्दू तिवारी ने तीन साल पहले तीसरे दर्जे से हायर–सेकेंडरी की परीक्षा पास कर ली थी और अब बेकारी में ही दिन गुज़ार रहे थे।

जैसा कि दुनिया की हर भाषा में एक ऐसी कहावत ज़रूर होती है। जिसका आशय यह होता है कि कभी–न–कभी घूरे के भी दिन फिरते हैं तो उसी तरह तिवारीजी के दिन भी फिरे।

उनके बप्पा श्री भदहा तिवारी ने दद्दू तिवारी के बारे में भारतीय सिनेमा से भी अधिक हैरतअंगेज़ और रंगीन सपना देख रखा था। कई–कई बार दद्दू उन्हें दरोगा की वर्दी में नज़र आते और उनकी बेंत पण्डितजी के तमाम दुश्मनों की पीठ पर बरसती दिखायी देने लगती। कभी दद्दू जीप में बैठे दिखते और गाँव के कुओं का मुआयना करने के लिए कोट–पैंट में सजे–धजे नीचे उतरते। गाँव के लोग हाथ बाँधे हुए उनको ख़ुश करने की फ़िराक़ में दाँत दिकाले दिखायी देते। कभी पण्डित जी देखते कि दद्दू तो मिनिस्टर हो गया है। सफ़ेद कुर्त्ता, कत्थई जैकेट और सफ़ेद पाजामा। लाउड स्पीकर के माइक पर दद्दू तिवारी का भाषण गूँजता और लोगों की भीड़ श्री दद्दू तिवारी जिन्दाबाद, जिन्दाबाद चिल्लाती। पण्डित जी का रोम–रोम सिहर जाता।

कई बार शाम होती तो पण्डितजी दद्दू को अपने पास बिठाकर दुनिया में कुछ कर गुज़ारने की हिकमत और उसूल

समझाया करते। वे बतलाते कि दुनिया में आदमी की इज़्ज़त ओहदे और पैसे से होती है, और नहीं तो चाहे जितना भला करो, लोग तो पगलैट ही समझते हैं और मौक़ा पड़ने पर कस के बत्ती लगा देते हैं। वे कहते–दद्दू फ़क़ीरचन्द बनने से अच्छा है नदी में डूबकर जान दे देना। कलियुग के बारे में चाणक्य स्वामी का कहना है कि येन–केन प्रकारेण धन और प्रभुता अर्जित करनी चाहिए। साध्य उत्तम हो तो अधम कोटि का साधन भी चल जायेगा।

बचपन में पण्डितजी दद्दू की कसकर धुनाई करते थे। एक विशेष जगन्नाथी सोंटा उन्होंने इस उद्देश्य के लिए अलग रख छोड़ा था। पवित्र तीर्थस्थल से लाये गये इस दैवस्थानी बेंत प्रहार से ही अगर दद्दू की भाग्य बाधा दूर हो जाय तो उत्तम। बचपन में दद्दू किसी के खेत से मटर की फलियाँ उखाड़ लेते या खीरे चुरा लेते तो पण्डितजी इसी सोंटे से दद्दू पर प्रहार करते। आठवें दर्जे में एक साल डुबकी लगा लेने पर दद्दू तिवारी पर भीषण सोंटा–वर्षण हुआ था। अगर त्रेता या सतयुग रहा होता तो दद्दू "त्राहि माम्, त्राहि माम्" कहकर रोते। यह कलि का असर था कि उनके मुँह से "अरे दौड़ो रे, बप्पा ने मार डाला...मार डाला...माड्डाला...रे। जैसी भाषा निकल रही थी।

ये बातें तो पुरानी हुईं। अब दद्दू तिवारी के ग्रह–नक्षत्र उन्हें उस मोड़ तक ले आये थे जहाँ से वे कुछ अंशों तक अपने बप्पा के सपनों को पूरा कर सकते थे।

हुआ यह था कि केन नदी के ऊपर पुल बनकर तैयार हो गया था। पुल बनने में चालीस लाख ख़र्च हुए थे और उसके उद्घाटन के मौक़े पर मुख्यमन्त्रीजी ने कहा था कि यह क्रान्ति हुई है कि यहाँ पंचगाँव के पास केन के ऊपर पुल बन गया है। पुल के ठेकेदार को बधाई देते हुए उन्होंने कहा कि अब इस इलाक़े में साम्प्रदायिक तनाव दूर होगा, पिछड़े वर्गों और जातियों के लोगों को विकास करने का पूरा मौक़ा मिलेगा। अब

हरिजनों और आदिवासियों के बच्चे बड़ी आसानी से पुल पार करके बनारस, कलकत्ता, इलाहाबाद आदि बड़े शहरों में उच्च शिक्षा प्राप्त कर सकेंगे। इस पुल के कारण इस क्षेत्र की आर्थिक असमानता दूर होगी। तालियों की गड़गड़ाहट के बीच पुल के ठेकेदार त्रिलोकी कांस्ट्रक्शन प्राइवेट लिमिटेड के स्वत्वाधिकारी श्री त्रिलोकीनाथ अरोड़ा ने मुख्यमन्त्री और पी.डब्ल्यू.डी. के अफ़सरों को धन्यवाद देते हुए कहा कि बिना इनके सहयोग के यह कार्य हो ही नहीं पाता। उन्होंने कहा कि जनता का कल्याण तभी हो सकता है जब मन्त्री और सरकारी अफ़सर ठेकेदारों के साथ सहयोग करें। यह पुल इसका उदाहरण है। इसके बाद देश की बेरोज़गारी का करुण चित्र खींचते हुए श्री अरोड़ा ने कहा कि पंचगाँव के आस–पास के इलाक़े की बेरोज़गारी को दूर करने के लिए वे इस केन किनारे के पुल के पास इस शिव मन्दिर का निर्माण पन्द्रह दिन के भीतर कर देंगे। इसमें एक पुजारी और एक फर्राश की नियुक्ति सरकारी तनख़्वाह पर होगी। दोनों नौकरियाँ स्थायी होंगी।

श्री अरोड़ा की इस घोषणा पर स्वयं मुख्यमन्त्रीजी ने तालियाँ बजायीं। उद्‌घाटन समाप्त होने पर स्वागत समिति के अध्यक्ष पंचगाँव प्राथमिक पाठशाला के प्रधानाध्यापक श्री नत्थूलाल शर्मा ने अरोड़ा और मुख्यमन्त्रीजी को धन्यवाद दिया और जनता को बतलाया कि ठेकेदार इतने उदार और जलकल्याण की भावना से भरे हुए हैं कि पाठशाला की दो सीढ़ियों की मरम्मत उन्होंने ख़ुद सीमेंट दान करके करवाई हैं। शिक्षा के प्रसार और जनता के उद्धार के प्रति समर्पित ऐसे गाँधीवादी अरोड़ा जी पर कुछ स्थानीय लोगों ने जिस तरह से सीमेंट प्रकरण उठाकर घृणित आरोप लगाये हैं, वह शर्मनाक है। जनता, विद्यार्थी और शिक्षक वर्ग को ऐसी राजनीति से दूर रहना चाहिए। केन नदी का पुल राजनीति से ऊपर है।

केन नदी के इसी पुल ने दद्‌दू तिवारी के भाग्य को बदला।

यह नदी दो ज़िलों की वास्तविक सीमा रेखा थी। अब पुल के ज़रिये दोनों ज़िले मिल गये थे, इसलिए वहाँ पर एक चुंगीनाका बनने की बात तय हुई। पुल पार करने वाले वाहनों पर टैक्स लगाया गया। भरे हुए ट्रक पर आठ रुपया, ख़ाली पर चार, जीप कार आदि गाड़ियों पर दो रुपया, ट्रैक्टर आदि कृषि उपयोगी वाहनों पर छूट वग़ैरह–वग़ैरह।

पण्डितजी भदहा तिवारी अपने गाँव के ग्राम पंचायत सरपंच श्री मोहरसिंह से मिले और अपनी दरिद्रता का रोना रोया। मोहरसिंह पण्डितजी को लेकर पी.डब्ल्यू.डी. के ओवरसियर से मिले। ओवरसियर ने एस.डी.ओ. से बातचीत की।

और इस तरह दद्दू तिवारी महामना मदनमोहन मालवीय स्मृति केन पुल के चुंगीनाका में गणनाधिकारी के पद पर नियुक्त कर दिये गये। वेतनमान 320–600। एक चपरासी भी नियुक्त किया गया।

अब पण्डित भदहा तिवारी इस प्रयत्न में लगे कि शिवमन्दिर के पुजारी के पद पर अगर उनकी स्वयं की नियुक्ति हो जाय तो घर में लक्ष्मीजी सावन–भादों की तरह बरसने लगेंगी। यह सुना जा रहा था कि शिवमन्दिर के पुजारी की नियुक्ति सरकारी होगी और उसे पुजारी नहीं, धर्माधिकारी कहा जायेगा। वेतनमान 240–420।

दद्दू तिवारी की गणनाधिकारी के पद पर नियुक्ति का गाँव में बड़े जोश से स्वागत किया गया। पण्डितजी ने ख़ास मथुरा के पेड़े बाँटे जिसे उन्होंने कोतमा बाज़ार के मथुरा मिष्ठान भण्डार से ख़रीदा था। पण्डितजी ने उस दिन दद्दू से कहा कि वे जाकर गाँव के हर व्यक्ति से मिलें। गाँव दरअसल एक परिवार ही होता है। ईश्वर की कृपा से ऐसे शुभ कार्य में लग जाने के पूर्व गाँव के वरिष्ठ जनों, गुरुजनों का आशीर्वाद और अन्य जनों का स्नेह, मंगलकामना प्राप्त करना ही अभीष्ट है।

दद्दू तिवारी उस दिन बहुत विनम्रता में, सिकुड़े–सिमटे

सबसे मिले। लोग उन्हें आशीर्वाद देते तो वे कृतज्ञता में और भी झुक जाते। अपने दोस्तों के साथ वे गले लगकर मिले, उन्हें अपने सीने से लिपटाकर कसकर भींच लिया कि देखो इतना बड़ा अधिकारी होने पर भी दद्दू तिवारी को घमण्ड और गरूर लेशमात्र भी छू नहीं गया है। विनम्र होने की इस चेष्टा में दरअसल दद्दू नट बन गये थे, बार–बार उनका सींक जैसा शरीर झुकता, कभी दोहरा हो जाता कभी तिहरा, दोनों हाथ बार–बार विनती की शक्ल में जुड़ते, आँखें मुँदतीं और दाँत बाहर निकल आते। बार–बार "सब आप ही की कृपा है, दया है दद्दा" जैसे वाक्य बोलते। कोई उन्हें सीने से लगाता तो वे छुई–मुई हो जाते। झुककर पैर छूते।

दूसरे दिन पुल के परली तरफ़ कुछ लकड़ी के खूँटों के ऊपर एक टिन का टुकड़ा डाल दिया गया। अरहर की खड़िया से तीन तरफ़ आड़ बना दी गयी। इस तरह जो टपरा तैयार हुआ वही दद्दू तिवारी गणनाधिकारी का कार्यालय था।

तीसरे दिन पंचगाँव पाठशाला से एक हत्थेवाली लकड़ी की कुर्सी और एक मेज़ मँगा ली गयी और उसे भव्य कार्यालय में रख दिया गया।

चौथे दिन दद्दू तिवारी ने एक नेम प्लेट बनाकर कार्यालय की बाहरी दीवाल पर टाँग दिया जिसमें लिखा था–

श्री डी. तिवारी
गणनाधिकारी

पाँचवें दिन से रामनरेश चपरासी के पद पर बहाल होकर आ गया और इस तरह से चुंगी नाका के परिवहन का कार्यालय का कार्य सुचारु रूप से चलने लगा।

जब कोई ट्रक आता और बैरियर बन्द होने पर रुकता तो दद्दू की धड़कनें तेज़ हो जातीं, कोई भारी–भरकम ड्राइवर उतरकर उसमें से आता, दद्दू तिवारी को कुर्सी पर बैठा देखकर सलाम

करता, जेब से आठ रुपये निकालकर मेज़ पर रखता। दद्दू तिवारी उसके ट्रक का नम्बर पूछते, लिखते, नीचे अपना दस्तख़त करते...डी, बुन्दी, टी...आई...डब्ल्यू...ए...आर....आई। डी. तिवारी। किसी–किसी ट्रक का ड्राइवर असभ्य होता तो सीधा ट्रक से आवाज़ मारता, "कितने रुपये माँगता है यार, फटाफट ले ले।" दद्दू तिवारी को यह अपमानजनक लगता। आख़िर कार्यालय और पद की भी कोई गरिमा होती है। ऐसे में वे उतनी ही ऊँची आवाज़ देते, "चपरासी, देखना ट्रक लोडेड है कि नहीं।" थोड़ा रुककर फिर आवाज़ देते, "कोई इल्लीगल माल तो नहीं लदा है इसमें?"

धीरे–धीरे ज़्यादातर ड्राइवर–क्लीनर उन्हें जानने लगे। वे ट्रक में से ही चिल्लाते, "तिवारीजी नमस्कार।" दद्दू मुस्कुराकर जवाब देते। एक ड्राइवर परवीन बाबी का रंगीन तस्वीर वाला कैलेंडर उन्हें दे गया। उसे उन्होंने कार्यालय में टाँग लिया। चुंगीनाका खुलने, बैरियर के होने और ट्रकों, गाड़ियों के उस जगह रुकने की वजह से सड़क के दूसरी ओर एक चाय–भजिया का ढाबा और एक पान–सिगरेट–बीड़ी की दुकान भी खुल गयी। कई ट्रक ड्राइवर लम्बे सफर से थके हुएं, गर्द में सने आते। ट्रक वहीं खड़ी करके नदी में नहाते। ढाबे वाले से दाल रोटी बनवाते और दारू पीकर वहीं ट्रक में सो जाते।

दद्दू तिवारी का परिचय और उनका सम्मान इस तरह बढ़ता रहा। टपरे उर्फ़ कार्यालय के भीतर कैलेंडरों और तस्वीरों की संख्या तरक़्क़ी करती रही।

दद्दू तिवारी ने रामनरेश को कह रखा था कि वह रोज़ गीले कपड़े से मेज़ को अच्छी तरह साफ़ करे। चाय का हल्का–सा दाग भी वहाँ नहीं होना चाहिए। दद्दू तिवारी एक दिन बाज़ार से काँच के दो गिलास ख़रीद लाये। एक उनके पानी वग़ैरह पीने के लिए। दूसरा गिलास उन्होंने टेबिल पर रखा। उसमें

एक चौथाई नदी की रेज भर दी, ऊपर पानी भर दिया और फिर उसमें गुड़हल के दो लाल–लाल फूल लगा दिये। इस तरह उनकी मेज़ सजने लगी।

रामनरेश से उन्होंने उसी दिन कह दिया था कि सवेरे जब ड्यूटी पर आये तो आते हुए फूल ज़रूर अपने साथ ले आये और लाकर गिलास में लगा दे।

कुछ दिनों बाद उन्होंने एक तौलिया लाकर कुर्सी की पीठ पर डाल दिया और फिर कुछ दिनों बाद रुई का तकिया कुर्सी पर कुशन की तरह विराजमान हो गया।

अब दिन–रात उनके दिमाग़ में कुर्सी–मेज़ घूमती। वे लगातार उस मेज़ को सजाते। एक दिन पेपरवेट लाकर उसमें रखा। फिर अंग्रेज़ी पत्रिकाओं में छपे समुद्र या नदी में डूबते या उगते सूरज के रंगीन फ़ोटोग्राफ़्स ब्लेड से काटकर, लेई लगाकर उस पर चिपकाया।

घर में उनका सम्मान बढ़ गया था। पण्डितजी रोज़ उनके नाके का हाल पूछते। पण्डितजी उसे 'चुंगीनाका' कहते थे जबकि दद्दू चाहते थे कि उसे 'ऑफ़िस' कहा जाय। एक दिन दबी ज़ुबान से अपना एतराज़ उन्होंने बप्पा पर प्रगट भी कर दिया। पण्डितजी दद्दू की मनोभावना समझते थे इसलिए उन्होंने ज़ोरों से उमड़ती अपनी हँसी को रोक लिया।

दद्दू हमेशा धुले और प्रेस किये हुए कपड़े पहनते। टेरिकाट की पैंट और टेरिकाट की शर्ट। काली बूट।

जब कभी रमना या समनू उन्हें 'दद्दू साले' कहकर बुलाते तो वे भीतर से सुलग उठते थे। ऐसा उन्हें गणनाधिकारी बनने के डेढ़–दो माह बाद से होने लगा था। बचपन के दिनों के सभी साथी अब उन्हें बदतमीज, देहाती, लफंगे और असभ्य लगने लगे थे। उनसे बात करना भी दद्दू तिवारी को अखरता था। बचपन में जब वे गाँव के टाट पट्टी वाले स्कूल में गड़ना नाला लाँघकर पढ़ने जाते थे तो अक्सर स्कूल से गोल मार कर

सनई के खेतों में छिपकर खीरा या भुट्टा खाते, या कभी–कभी बीड़ी के सुट्टे मारते। उन दिनों उनका सबसे पक्का दोस्त रमेश हुआ करता था।

दो दिन पहले ही रमेश उनके 'कार्यालय' में आकर उनकी टेबल पर चढ़कर बैठ गया था। उस वक़्त कुछ ट्रक ड्राइवर दद्दू तिवारी से पर्ची बनवा रहे थे। रमेश उन्हें हमेशा 'दद्दू साले' कहकर बात करता था। गाँव के सृजनशील लोक कलाकारों द्वारा निर्मित एक से एक उर्वरक और सम्भावनापूर्ण गालियाँ उसके मुँह से अनायास झरती रहतीं। दद्दू भीतर–भीतर से तिलमिला रहे थे। रमेश का टेबल पर चढ़कर बैठना और बार–बार गालियों में लपेटकर अपने स्नेहपूर्ण सम्बोधन 'दद्दू साले' का इस्तेमाल करना उन्हें 'कार्यालय' की मर्यादा का गम्भीर उल्लंघन लग रहा था। ड्राइवरों पर इसका अच्छा असर नहीं पड़ेगा। तिवारीजी का सम्मान और उनके पद की गरिमा ख़तरे में थी।

आख़िरकार वे उठे। कुर्सी से तनकर खड़े हो गये। उनका चेहरा पत्थर जैसा हो गया और बहुत गम्भीर और ऊँची आवाज़ में उन्होंने कहा–"रमेश जी, यह आपका मकान नहीं है, ऑफ़िस है, ऑफ़िस। एंड–ड्यूटी इज़ ड्यूटी।

रमेशजी, यू गेट आउट।"

रमेश सकपका गया। एक–दो मिनट तक उसकी समझ में नहीं आया कि दद्दू साले को अचानक क्या हो गया। फिर उसने घूमकर देखा। चपरासी रामनरेश डरा हुआ सा खड़ा था। उसे याद आया कि जयपाल, समनू, गनेश सभी दोस्तों ने बतलाया था कि दद्दू अब बदल गया है। रमेश कुछ बोलना चाहता था, लेकिन यह झटका इतना गहरा था कि वह कुछ नहीं कह सका। चुपचाप उठकर चला गया।

इसके बाद दद्दू तिवारी ने रामनरेश से कहा कि "गाँव का कोई छोकरा आये तो उससे बाहर ही पूछ ले कि क्या काम है। अगर कोई ज़रूरी काम न हो तो उन्हें बाहर से ही लौटा दे।

गणनाधिकारी डी. तिवारी के पास इतना फ़ालतू वक़्त नहीं है कि वे इस तरह की लफंगई में उलझें।"

दद्दू तिवारी की मेज़ लगातार सजती रही। अब उसमें एक ऐश ट्रे रखा था। एक पेन होल्डर भी आ गया था। काँच की एक चौकोर शीट उसमें रख दी गयी थी। एक दिन उन्होंने बप्पा से बतलाया था कि उनकी मेज़ ओवरसियर की मेज़ से भी ज़्यादा अच्छी है। बस बिजली का कनेक्शन मिल जाये तो वे एक टेबल लैम्प लाकर और रख दें। कभी–कभी रात–बिरात काम करना पड़ता है।

दद्दू तिवारी ने गाँव के ऐसे–वैसे लोगों से मिलना–जुलना छोड़ दिया था। कभी–कभी ठाकुर साहब के घर में जाकर ताश वग़ैरह खेल आते। उनका ज़्यादातर उठना–बैठना बाज़ार के लोगों के साथ ही होता। इन लोगों में उनके विभाग के कर्मचारी, कुछ दुकानदार आदि थे। गाँव में तिवारीजी के हमउम्र ज़्यादातर बेरोज़गार थे और खेती–किसानी के हाड़तोड़ काम ने उन्हें गँवार, असभ्य और देहाती बना दिया था।

और तभी वह घटना घटी।

एक दिन सवेरे दस बजे पुल पार करने के लिए एक प्राइवेट जीप आकर रुकी। ड्राइवर ने चपरासी रामनरेश को इशारा किया कि वह बैरियर खोल दे जिससे जीप निकल जाये। रामनरेश ने तिवारीजी से पूछा। तिवारीजी ने उससे कहा कि वह जाकर देख आये कि वाहन निजी है या सरकारी।

वह जीप पास के क़स्बे जैसिंह नगर के दारू भट्ठी के ठेकेदार की थी जिसमें विशुद्ध महुए के ठर्रे के नशे में धुत्त क़ानूनगो, नायब तहसीलदार, एक्साइज इंस्पेक्टर और पटवारी रामनाथ महतो बैठे हुए थे।

रामनरेश ने देखकर बताया कि वाहन प्राइवेट मालूम होता है और उसमें कुछ शराबी–कबाबी बैठे हुए हैं। डी. तिवारी

गणनाधिकारी ने तुरन्त निर्देश दिया कि जब तक रोड टैक्स की रसीद न कट जाय, नाके का बैरियर न खोला जाय।

उधर जीप का हॉर्न बेतहाशा बेसुरी बीन की तरह बज रहा था।

बैरियर को न खुलते देखकर क़ानूनगो ने वहीं से आवाज़ दी–"अरे, टपरे में कौन बहरा बैठा है साला, जीप का गला बैठा जा रहा है और हरामज़ादा बैरियर नहीं खोल रहा है।"

एक्साइज इंस्पेक्टर सन्तरा पीकर धुत्त था। उसके गले से सहस्र सुरों में फटी हुई असंख्य मोटी बाँसुरियों की आवाज़ निकली–"अबे खोल बे हरामी, खोल।"

पटवारी रामनाथ महतो पास के गाँव बिछिया का कोरी था। रिजर्वेशन में पटवारी बन गया था। उसके सारे हाकिम–हुजूर जीप में बैठे हुए थे। वफ़ादारी और सेवकाई जताने का इससे बढ़कर दूसरा अवसर कहाँ मिल सकता था। वह जीप से उतरा और गणनाधिकारी के कार्यालय की ओर बढ़ा।

दद्दू तिवारी के कानों तक ये आवाज़ें पहुँच रही थीं। अकेले होते तो कोई बात नहीं। चपरासी रामनरेश और सड़क पार के ढाबे–दुकान वालों के सामने उनके अधिकार और सम्मान पर सरासर हमला हो रहा था। उस दुबली काया में क्रोध कभी–कभी दुर्वासा मुनि की तरह फूटा करता था। इस वक़्त यही हालत थी।

तब तक नायब तहसीलदार की आवाज़ आयी–"देखना पटवारी टपरे से खींचकर बाहर ले आओ साले को, घण्टा–भर हो गया।"

दद्दू तिवारी अपनी कुर्सी पर और जमकर बैठ गये। बड़े गम्भीर, तटस्थ और निर्लिप्त भाव से उन्होंने पटवारी रामनाथ महतो को देखा, क़लम खोली, रजिस्टर निकाला और बोले–"हाँ तो आपकी जीप का नम्बर क्या है? इसमें कोई इल्लीगल सामान तो नहीं है? दो रुपया रोड टैक्स जमा करें तभी बैरियर खुलेगा।"

पटवारी ने ज़ोर से डकार ली। गणनाधिकारी का परिवहन

कर कार्यालय महुए की गन्ध से भर उठा। इसके बाद पटवारी उनकी टेबल के पास आकर खड़ा हो गया–'सुनो हो दद्दू, हम एक पइसा टैक्स–फ़ैक्स नहीं देंगे। सबके सब सरकारी ड्यूटी में हैं। जीप भी सरकारी ड्यूटी में है–बैरियर खोलो।" दद्दू तिवारी ने प्रतिवाद किया कि लेकिन जीप प्राइवेट है सरकारी नहीं। पटवारी महतो ने कहा–"हम कह रहे हैं इसलिए सरकारी है और अगर ज्यादा देर तक बुक–बुक करते रहे तो गरदन पकड़कर रेत में गाड़ देंगे ससुरे।"

"बैरियर तो नहीं खुलेगा। यह क़ानून का उल्लंघन है।" गणनाधिकारी बोले। यह बोलना ही ग़लत हो गया। पटवारी महतो ने टेबल उलटकर दद्दू तिवारी को पकड़ लिया और घसीटता हुआ उन्हें कार्यालय के बाहर निकाल लाया।

"मारो साले को।" जीप से सारे हाकिम चीख़े और इधर पटवारी महतो ने दद्दू तिवारी को कमर से ऊपर उठाकर सड़क पर पटक दिया।

चपरासी रामनरेश चुपचाप देख रहा था।

गणनाधिकारी बहुत ज़ोर लगा रहे थे, लेकिन पटवारी ने किसानों से मुफ़्त में घी–दूध खाया था, जौर और शुद्ध गेहूँ की रोटियाँ खायी थीं, आदिवासियों या भूमिहीनों का मुर्गा हजम किया था–उसमें साँड जैसी ताक़त थी। फिर महुए का राष्ट्रीय ठर्रा। "नहीं खोलोगे बैरियर ससुर क़ानून के पोथे...आँय..." और इसके बाद धरती पर पड़े गणनाधिकारी के चेहरे, छाती और सिर पर महतो का जूता फटाफट बरसने लगा। दद्दू तिवारी ने चपरासी को आवाज़ दी, लेकिन रामनरेश टट्टी के बहाने केन के किनारे–किनारे उगे बेशरम की झाड़ियों में कहीं गुम हो गया था।

दद्दू तिवारी का मुँह सूज गया था। कुहनियाँ और पीठ छिल गयी थी। टेरिकाट का पैंट घुटनों के पास से फट गया था, क़मीज़ के बटन टूट गये थे और उधर बैरियर खोलकर जीप सर्र हो गयी थी।

यह अत्यन्त शर्मनाक घटना थी। चपरासी रामनरेश का कहीं पता नहीं था। गणनाधिकारी ने पूरी घटना की नोटशीट बनायी–

एक–एक बात का उल्लेख किया और उसमें यह भी लिखा कि एक कोरी ने क़ानून का पालन करने वाले एक ईमानदार सरकारी ब्राह्मण को जूते से मारा है। इस पर तत्काल कार्रवाई की जाये।

फिर एक दूसरी नोटशीट उन्होंने बनायी जिसमें चपरासी रामनरेश को उसकी नियमितता, अनुशासनहीनता और काम के प्रति लापरवाही के कारण तुरन्त नौकरी से बरख़ास्त करने की माँग की।

दोनों नोटशीटों पर दस्तख़त करके उन्होंने साइकिल उठायी और ओवरसियर के ऑफ़िस की ओर चले।

ओवरसियर ऑफ़िस में नहीं थे। घर में सो रहे थे। पता लगा, उन्होंने सख़्त हिदायत दे रखी थी कि घर में उनको कोई डिस्टर्ब न करे। अभी–अभी क़ानूनगो, नायब तहसीलदार और पटवारी के साथ उनकी पार्टी थी। खा–पीकर वे लोग जीप से चले गये। और ओवरसियर साहब आराम फ़रमा रहे थे।

दद्‌दू तिवारी के दिमाग़ में एक काली आँधी चल रही थी। सारे खम्भे रेत की तरह धँसक रहे थे। आज खुली सड़क पर उनका अपमान हुआ था। पटवारी महतो ने उन्हें जूते से मारा था और वे बिल्कुल निहत्थे थे। उन्हें उम्मीद थी कि ओवरसियर को घटना बतलाते ही उच्चस्तरीय कार्रवाई होगी, मामला सीधे सरकार और पुलिस को जायेगा और ईमानदार–कर्तव्यनिष्ठ सरकारी कर्मचारी–गणनाधिकारी–के कर्तव्य में बाधा डालने, अवैधानिक दबाव डालने, शरीरिक हमला करने के जुर्म में पटवारी–क़ानूनगो मुअत्तल कर दिये जायेंगे।

लेकिन यहाँ स्थिति दूसरी थी। उनकी अपनी नौकरी ख़तरे में पड़ गयी थी। वे लोग साहब के दोस्त थे और अगर उन्होंने शिकायत की तो...।

डी. तिवारी के कन्धे झुके हुए थे, चेहरा रंगहीन निराशा में डूबा हुआ था। वे घर लौट रहे थे। उन्हें याद आ रहा था कि चार–पाँच

साल पहले शहर के एक दुकानदार के साथ उनका झगड़ा हो गया था और दुकानदान ने उन्हें पीट दिया था। गाँव में जैसे ही यह ख़बर पहुँची थी पूरा गाँव इकट्ठा हो गया था। समनू, रमेश, जैपाल, रमना सभी ने डण्डे उठा लिए थे। दुकानदार को घेर लिया गया था और उसे माफ़ी माँगनी पड़ी थी।

दद्दू तिवारी गाँव पहुँचे तो यह ख़बर हर तरफ़ पहुँच चुकी थी कि उन्हें आज पटवारी महतो ने जूतों से मारा। बप्पा उनके पास आये...दुःखी थे। "अपनी इज़्ज़त अपने हाथ होती है दद्दू ऐसा व्यवहार ही मत करो कि ऐसा वक़्त देखने को मिले। गाँव के लोग जो हमारी बढ़ती देखकर जल रहे थे, आज ख़ूब ख़ुश हैं। और तो और, तुम्हारा लँगोटिया यार रमेश लोगों को उछल–उछलकर बतला रहा है कि कैसे पटवारी ने जूते से तुम्हारी पिटाई की।...अभी कुछ नहीं बिगड़ा है...वे लोग नशे में थे। यह तो मुलाजिमों की आपसी लड़ाई है, सुलह कर लो।"

दद्दू तिवारी को उम्मीद थी कि गाँव से कोई–न--कोई आएगा। उनसे हाल पूछेगा–फिर पूरा गाँव एक हो जायेगा। लेकिन कोई नहीं आया। वे अकेले खटिया में पड़े रहे और जागते रहे। उन्हें नींद नहीं आयी। वे अकेले हो गये थे...बिल्कुल अकेले। दद्दू साले के साथ पूरा गाँव था...और डी. तिवारी गणना अधिकारी का साथ देने वाला एक परिन्दा तक नहीं।

सुबह जब वे नाके की ओर अपनी ड्यूटी पर जा रहे थे, तो गली में खेलते दो–तीन बच्चों ने उन्हें देखकर ज़ोरों से नारा लगाया–

"दद्दू तिवारी
गन्ना धकारी
मारा कसके
है पटवारी"

और भाग गये।

दद्दू तिवारी के पैरों को कोई वज़नी चीज़ खींच रही थी और एक अथाह सन्नाटा कान में बजने लगा था।

टेपचू

यहाँ जो कुछ लिखा हुआ है, वह कहानी नहीं है। कभी–कभी सच्चाई कहानी से भी ज़्यादा हैरतअंगेज़ होती है। टपेचू के बारे में सब कुछ जान लेने के बाद आपको भी ऐसा ही लगेगा।

टपेचू को मैं बहुत क़रीब से जानता हूँ। हमारा गाँव मड़र सोन नदी के किनारे एक–दो फ़र्लांग के फ़ासले पर बसा हुआ है। दूरी शायद कुछ और कम हो, क्योंकि गाँव की औरतें सुबह खेतों में जाने से पहले और शाम को वहाँ से लौटने के बाद सोन नदी से ही घरेलू काम–काज के लिए पानी भरती हैं। ये औरतें कुछ ऐसी औरतें हैं, जिन्हें मैंने थकते हुए कभी नहीं देखा है। वे लगातार काम करती जाती हैं।

गाँव के लोग सोन नदी में ही डुबकियाँ लगा–लगाकर नहाते हैं। डुबकियाँ लगा पाने लायक़ पानी गहरा करने के लिए नदी के भीतर कुइयाँ खोदनी पड़ती है। नदी की बहती हुई धार के नीचे बालू को अंजुलियों से सरका दिया जाय तो कुइयाँ बन जाती है। गर्मी के दिनों में सोन नदी में पानी इतना कम होता है कि बिना कुइयाँ बनाये आदमी का धड़ ही नहीं भीगता। यही सोन नदी बिहार पहुँचते–पहुँचते कितनी बड़ी हो गयी है, इसका अनुमान आप हमारे गाँव के घाट पर खड़े होकर नहीं लगा सकते।

हमारे गाँव में दस–ग्यारह साल पहले अब्बी नाम का एक मुसलमान रहता था। गाँव के बाहर जहाँ चमारों की बस्ती है,

उसी से कुछ हटकर तीन–चार घर मुसलमानों के थे। मुसलमान मुर्गियाँ–बकरियाँ पालते थे। लोग उन्हें चिकवा या कटुआ कहते थे। वे बकरे–बकरियों के गोश्त का धन्धा भी करते थे। थोड़ी–बहुत ज़मीन भी उनके पास होती थी।

अब्बी आवारा और फक्कड़ क़िस्म का आदमी था। उसने दो–दो औरतों के साथ शादी कर रखी थी। बाद में, एक औरत जो ज़्यादा ख़ूबसूरत थी, क़स्बे के दर्ज़ी के घर जाकर बैठ गयी। अब्बी ने गम नहीं किया। पंचायत ने दर्ज़ी को जितनी रक़म भरने को कहा, उसने भर दिया। अब्बी ने उन रुपयों से कुछ दिनों ऐश किया और फिर एक हारमोनियम ख़रीद लाया। अब्बी जब भी हाट जाता, उसी दर्ज़ी के घर रुकता। खाता–पीता, जश्न मनाता, अपनी पुरानी बीवी को फुसलाकर कुछ रुपये ऐंठता और फिर ख़रीददारी करके घर लौट आता।

कहते हैं, अब्बी खूबसूरत था। उसके चेहरे पर हल्की–सी लुनाई थी। दुबला–पतला था। बचपन में बीमार रहने और बाद में खाना–पीना नियमित न रहने के कारण उसका रंग हल्का–सा हल्दिया हो गया था। वह गोरा दिखता था। लगता था, जैसे उसके शरीर ने कभी धूप न खायी हो। अँधेरे में, धूप और हवा से दूर उगने वाले गेहूँ के पीले पौधे की तरह उसका रंग था। फिर भी उसमें जाने क्या गुण था कि लड़कियाँ उस पर फिदा हो जाती थीं। शायद इसका एक कारण यह रहा हो कि दूर–दराज शहर में चलने वाले फैशन सबसे पहले गाँव में उसी के द्वारा पहुँचते थे। जेबी कँघी, धूप चश्मा, जो बाहर से आईने की तरह चमकता था, लेकिन भीतर से आर–पार दिखायी देता था, तौलिये जैसे कपड़े की नम्बरदार पीली बनियान, पंजाबियों का अष्टधातु का कड़ा, रबर का हंटर वग़ैरह ऐसी चीज़ें थीं, जो अब्बी शहर से गाँव लाया था।

जब से अब्बी ने हारमोनियम ख़रीदा था, तब से वह दिन–रात चीपों–चीपों करता रहता था। उसकी जेब में एक–एक आने में

बिकने वाली फ़िल्मी गानों की किताबें होतीं। उसने शहर में कव्वालों को देखा था और उसकी दिली ख़्वाहिश थी कि वह कव्वाल बन जाये, लेकिन जी–तोड़ कोशिश करने के बाद भी "हमें तो लूट लिया मिल के हुस्नवालों ने" के अलावा और दूसरी कोई कव्वाली उसे याद ही नहीं हुई।

बाद में अब्बी ने अपनी दाढ़ी–मूँछ बिल्कुल सफ़ाचट कर दी और बाल बढ़ा लिए। चेहरे पर मुरदाशंख पोतने लगा। गाँव के धोबी का लड़का जियावन उसके साथ–साथ डोलने लगा और दोनों गाँव–गाँव जाकर गाना–बजाना करने लगे। अब्बी इसी काम को आर्ट कहता था, लेकिन गाँव के लोग कहते थे, "ससुर, भड़ैती कर रहा है।" अब्बी इतनी कमाई कर लेता था कि उसकी बीवी खा–पहन सके।

टपेचू इसी अब्बी का लड़का था।

टपेचू जब दो साल का था, तभी अब्बी की अचानक मौत हो गयी।

अब्बी की मृत्यु भी बड़ी अजीबो–ग़रीब दुर्घटना में हुई। आषाढ़ के दिन थे। सोन उमड़ रही थी। सफ़ेद फेन और लकड़ी से सड़े हुए लट्ठे–पटरे धार में उतर रहे थे। पानी मटैला हो गया था, चाय के रंग जैसा, और उसमें कचरा, काई, घास–फूस बह रहे थे। यह बाढ़ की पूर्व सूचना थी। घण्टे–दो–घण्टे के भीतर सोन नदी में पानी बढ़ जाने वाला था। अब्बी और जियावन को जल्दी थी, इसलिए वे बाढ़ से पहले नदी पार कर लेना चाहते थे। जब तक वे पार जाने का फ़ैसला करें और पानी में पाँव दें, तब तक सोन में कमर तक पानी हो गया था। जहाँ कहीं गाँव के लोगों ने कुइयाँ खोदी थी, वहाँ छाती तक पानी पहुँच गया था। कहते हैं कि जियावन और अब्बी बहुत इत्मीनान से नदी पार कर रहे थे। नदी के दूसरे तट पर गाँव की औरतें घड़ा लिए खड़ी थीं। अब्बी उन्हें देखकर मौज में आ गया। जियावन ने परदेसिया की लम्बी तान खींची। अब्बी भी सुर मिलाने लगा। गीत कुछ गुदगुदी वाला था।

औरतें खुश थीं और खिलखिला रही थीं। अब्बी कुछ और मस्ती में आ गया। जियावन के गले में अँगोछे से बँधा हारमोनियम झूल रहा था। अब्बी ने हारमोनियम उससे लेकर अपने गले में लटका लिया और रसदार साल्हो गाने लगा। दूसरे किनारे पर खड़ी हुई औरतें खिलखिला रही थीं कि उनके गले से चीख़ निकल गयी। जियावन अवाक् होकर खड़ा ही रह गया। अब्बी का पैर शायद धोखे से किसी कुइयाँ या गड्ढे में पड़ गया था। इस बीच वह धार में गिर पड़ा। गले में लटके हुए हारमोनियम ने उसको हाथ–पाँव मारने तक का मौक़ा न दिया। हुआ यह था कि अब्बी किसी फ़िल्म में देखे हुए वैजयन्ती माला के नृत्य की नक़ल उतारने में लगा हुआ था और इसी नृत्य के दौरान उसका पैर किसी कुइयाँ में पड़ गया। कुछ लोग कहते हैं कि नदी में 'चोर बालू' भी होता है। ऊपर–ऊपर से देखने पर रेत की सतह बराबर लगती है, लेकिन उसके नीचे अतल गहराई होती है पैर रखते ही आदमी उसमें समा सकता है।

अब्बी की लाश और हारमोनियम, दोनों को ढूँढ़ने की बहुत कोशिश की गयी। मलंगा जैसा मशहूर मल्लाह गोते लगाता रहा, लेकिन सब बेकार। कुछ पता ही नहीं चला।

अब्बी की औरत फिरोजा जवान थी। अब्बी के मर जाने के बाद फिरोजा के सिर पर मुसीबतों के पहाड़ टूट पड़े। वह घर–घर जाकर दाल–चावल फटकने लगी। खेतों में मज़दूरी शुरू की। बग़ीचों की तकवानी का काम करना शुरू किया, तब कहीं जाकर दो रोटी मिल पातीं। दिन–भर वह ढेंकी कूटती, सोन नदी से मटके भर–भरकर पानी ढोती, घर कार सारा काम–काज करना पड़ता, रात खेतों की तकवानी में निकल जाती। घर में एक बकरी थी, जिसकी देखभाल भी उसे ही करनी पड़ती। इतने सारे कामों के दौरान टेपचू उसके पेट पर, एक पुरानी साड़ी में बँधा हुआ चमगादड़ की तरह झूलता रहता है।

फिरोजा को अकेला जानकर गाँव के कई खाते–पीते घरानों

के छोकरों ने उसे पकड़ने की कोशिश की, लेकिन टेपचू हर वक़्त अपनी माँ के पास कवच की तरह होता। दूसरी बात, वह इतना घिनौना था कि फिरोजा की जवानी पर गोबर की तरह लिथड़ा हुआ लगता था। पतले–पतले सूखे हुए झुर्रीदार हाथ–पैर, कद्दू की तरह फूला हुआ पेट, फोड़ों से भरा हुआ शरीर। लोग टपेचू के मरने का इन्तज़ार करते रहे। एक साल गुज़रते–गुज़रते हाड़–तोड़ मेहनत ने फिरोजा की देह को झिंझोड़कर रख दिया वह बुढ़ा गयी। उसके बाल उलझे हुए, सूखे और गन्दे रहते। कपड़ों से बदबू आती। शरीर मैल–पसीने और गर्द से चीकट रहा करता। वह लगातार काम करती रही। लोगों को उससे घिन होने लगी।

टेपचू जब सात–आठ साल का हुआ, गाँव के लोगों की दिलचस्पी उसमें पैदा हुई।

हमारे गाँव के बाहर, दूर तक फैले धान के खेतों के पार आम का एक घना बग़ीचा था। कहा जाता है कि गाँव के सम्भ्रान्त किसान घरानों, ठाकुरों–ब्राह्मणों की कुलीन कन्याएँ उसी बग़ीचे के अँधेरे कोनों में अपने–अपने यारों से मिलतीं। हर तीसरे–चौथे साल उस बग़ीचे के किसी कोने में अलस्सुबह कोई नवजात शिशु रोता हुआ लावारिस मिल जाता था। इस तरह के ज़्यादातर बच्चे स्वस्थ, सुन्दर और गोरे होते थे। निश्चित ही गाँव के आदिवासी कोल–गोंडों के बच्चे वे नहीं कहे जा सकते थे। हर बार पुलिस आती। दरोगा ठाकुर साहब के घर में बैठा रहता। पूरी पुलिस पलटन का खाना वहाँ पकता। मुर्गे गाँव से पकड़वा लिए जाते। शराब आती। शाम को पान चबाते, मुस्कुराते और गाँव की लड़कियों से चुहलबाज़ी करते पुलिस वाले लौट जाया करते। मामला हमेशा रफा–दफा हो जाता था।

इस बग़ीचे का पुराना नाम मुखियाजी का बग़ीचा था। वर्षों पहले चौधरी बालकिशन सिंह ने यह बग़ीचा लगाया था। मंशा यह थी कि ख़ाली पड़ी हुई सरकारी ज़मीन को धीरे–धीरे अपने क़ब्ज़े

में कर लिया जाये। अब तो वहाँ आम के दो–ढाई सौ पेड़ थे, लेकिन इस बग़ीचे का नाम अब बदल गया था। इसे लोग भुतही बग़ीचा कहते थे, क्योंकि मुखिया बालकिशन सिंह का भूत उसमें बसने लगा था। रात–बिरात उधर जाने वाले लोगों की घिग्घी बँध जाती थी। बालकिशन सिंह के बड़े बेटे चौधरी किशनपाल सिंह एक बार उधर से जा रहे थे तो उनको किसी स्त्री के रोने की आवाज़ सुनाई पड़ी। जाकर देखा झाड़ियों, झुरमुटों को तलाशा तो कुछ नहीं। उनके सिर तक के बाल खड़े हो गये। धोती का फेंटा खुल गया और वे 'हनुमान–हनुमान' करते भाग खड़े हुए।

तब से वहाँ अक्सर रात में किसी स्त्री की कराहने या रोने की करुण आवाज़ सुनी जाने लगी। दिन में जानवरों की हड्डियों, जबड़े या चूड़ियों के टुकड़े वहाँ बिखरे दिखायी देते। गाँव के कुछ लफंगों का कहना था कि उस बग़ीचे में भूत–ऊत कुछ नहीं रहता। सब मुखिया के द्वारा फैलायी गयी अफ़वाह है। साले ने उस बग़ीचे को ऐशगाह बना रखा है। एक बार मैं पड़ोस के गाँव में शादी के न्यौते में गया था। लौटते हुए रात हो गयी। बारह बज गये होंगे। संग में राधे, संभारू और बालदेव थे। रास्ता बग़ीचे के बीच से गुज़रता था। हम लोगों ने हाथ में डण्डा ले रखा था। अचानक एक तरफ़ सूखे पत्तों की चरमराहट सुनाई पड़ी। लगा, जैसे कोई जंगली सूअर बेफ़िक्री से पत्तियों को रौंदता हुआ हमारी ओर चला आ रहा है। हम लोग रुककर आहट लेने लगे। गर्मी की रात थी। जेठ का महीना। अचानक आवाज़ जैसे ठिठक गयी। सन्नाटा खिंच गया। हम टोह लेने लगे। भीतर से डर भी लग रहा था। बालदेव आगे बढ़ा, "कौन है, बे, छोह–छोह।" उसने ज़मीन पर लाठी पटकी, हालाँकि उसकी नसें ढीली पड़ गयी थीं। कहीं मुखिया का जिन्न हुआ तो? मैंने किसी तरह हिम्मत जुटायी, "अबे, होह, होह।" बालदेव को आगे बढ़ा देख संभारू भी तिड़ी हो गया। पगलैटों की तरह दायें–बायें, ऊपर–नीचे लाठियाँ भाँजता वह उसी ओर लपका।

तभी एक बारीक़ और तटस्थ–सी आवाज़ सुनाई पड़ी, "हम हन भइया, हम।"

"तू कौन है बे?" बालदेव कड़का।

अँधेरे से बाहर निकलकर टेपचू आया, "काका, हम हन टेपचू।" वह बग़ीचे के बनते–मिटते अँधेरे में धुँधला–सा खड़ा था। हाथ में थैला था। मुझे ताज्जुब हुआ। "इतनी रात को इधर क्या कर रहा है कटुए?"

थोड़ी देर टेपचू चुप रहा। फिर डरता हुआ बोला, "अम्मा को लू लग गयी है। दोपहर मुखिया के खेत की तकवानी में गयी थी, घाम खा गयी। उसने कहा कि कच्ची अमिया का पानी मिल जाये तो जुड़ा जायेगी। बड़ा तेज़ जर था।"

"भूत–डाइन का डर नहीं लगा तुझे मुए? किसी दिन साले की लाश मिलेगी किसी झाड़–झंझाड़ में।" राधे ने कहा। टेपचू हमारे साथ ही गाँव लौटा। रास्ते–भर चुपचाप चलता रहा। जब उसके घर जाने वाली गली का मोड़ आया तो बोला, "काका, मुखिया से मत खोलना यह बात, नहीं तो मार–मार कर भुरता बना देगा हमें।"

टेपचू की उम्र उस समय मुश्किल से सात–आठ साल की रही होगी।

दूसरी बार यों हुआ कि टपेचू अपनी अम्माँ फ़िरोज़ा से लड़कर घर से भाग गया। फ़िरोज़ा ने उसे जलती हुई चूल्हे की लकड़ी से पीटा था। सारी दोपहर, चिनचिनाती धूप में टेपचू जंगल में ढोर–डंगरों के साथ फिरता रहा। फिर किसी पेड़ के नीचे छाँह में लेट गया। थका हुआ था। आँख लग गयी।

नींद खुली तो आँतों में ख़ालीपन था। पेट में हल्की–सी आँच थी भूख की। बहुत देर तक वह यों ही पड़ा रहा, टुकुर–टुकुर आसमान ताकता। फिर भूख की आँच में जब कान के लरे तक गर्म होने लगे तो सुस्त–सा उठकर सोचने लगा कि अब क्या

जुगाड़ किया जाय। उसे याद आया कि सरई के पेड़ों के पार जंगल के बीच एक मैदान है। वहीं पर पुरनिहा तालाब है।

वह तालाब पहुँचा। इस तालाब में, दिन में गाँव की भैंसें और रात में बनैले सूअर लोटा करते थे। पानी स्याह–हरा–सा दिखायी दे रहा था। पूरी सतह पर कमल और कुई के फूल और पुरइन फैले हुए थे।

काई की मोटी पर्त बीच में थी। टेपचू तालाब में घुस गया। वह कमलगट्टे और पुरइन की काँद निकालना चाहता था। तैरना वह जानता था।

बीच तालाब में पहुँचकर वह कमलगट्टे बटोरने लगा। एक हाथ में ढेर सारे कमलगट्टे उसने खसोट रखे थे। लौटने के लिए मुड़ा, तो तैरने में दिक़्क़त होने लगी। जिस रास्ते से पानी काटता हुआ वह लौटना चाहता था, वहाँ पुरइन की घनी नालें आपस में उलझी हुई थीं। उसका पैर नालों में उलझ गया और तालाब बीचों–बीच वह 'बक–बक' करने लगा।

परमेसुरा जब भैंस को पानी पिलाने तालाब आया तो उसने 'गुड़प...गुड़प' की आवाज़ सुनी। उसे लगा, कोई बहुत बड़ी सौर मछली तालाब में मस्त होकर ऐंठ रही है। जेठ के महीने में वैसे भी मछलियों में गर्मी चढ़ जाती है। उसने कपड़े उतारे और पानी में हिल गया। जहाँ वह मछली तड़प रही थी, वहाँ उसने गोता लगाकर मछली के गलफड़ों को अपने पंजों में दबोच लेना चाहा तो उसके हाथ में टेपचू की गर्दन आयी। वह पहले तो डरा, फिर उसे खींचकर बाहर निकाल लाया। टेपचू अब मरा हुआ–सा पड़ा था। पेट गुब्बारे की तरह फूल गया था और नाक–कान से पानी की धार लगी हुई थी। टेपचू नंगा था और उसकी पेशाब निकल रही थी। परमेसुरा ने उसकी टाँगें पकड़कर उसे लटकाकर पेट में ठेहुना मारा तो 'भल–भल' करके पानी मुँह से निकला।

एक बाल्टी पानी की उल्टी करने के बाद टेपचू मुस्कुराया। उठा और बोला, "काका, थोड़े–से कमलगट्टे तालाब से खींच

दोगे क्या? मैंने इत्ता सारा तोड़ा था, साला सब छूट गया। बड़ी भूख लगी है।"

परमेसुरा ने भैंस हाँकने वाले डण्डे से टेपचू के चूतड़ में चार–पाँच डण्डे जमाये और गालियाँ देता हुआ लौट गया।

गाँव के बाहर, क़स्बे की ओर जाने वाली सड़क के किनारे सरकारी नर्सरी थी। वहाँ पर प्लांटेशन का काम चल रहा था। बिड़ला के पेपर मिल के लिए बाँस, सागौन और युक्लिप्टस के पेड़ लगाये गये थे। उसी नर्सरी में, काफ़ी भीतर ताड़ के भी पेड़ थे। गाँव में ताड़ी पीने वालों की अच्छी–ख़ासी तादाद थी। ज़्यादातर आदिवासी मज़दूर, जो पी.डब्ल्यू.डी. में सड़क बनाने तथा राखड़ गिट्टी बिछाने का काम करते थे। दिन–भर की थकान के बाद रात में ताड़ी पीकर धुत हो जाते थे। पहले वे लोग साँझ का झुटपुटा होते ही मटका ले जाकर पेड़ में बाँध देते थे। ताड़ का पेड़ बिल्कुल सीधा होता है। उस पर चढ़ने की हिम्मत या तो छिपकली कर सकती है या फिर मज़दूर। सुबह तक मटके में ताड़ी जमा हो जाती थी। लोग उसे उतार लाते।

ताड़ पर चढ़ने के लिए लोग बाँस की पक्सियाँ बनाते थे और उस पर पैर फँसाकर चढ़ते थे। इसमें गिरने का ख़तरा कम होता। अगर उतनी ऊँचाई से कोई आदमी गिर जाता तो उसकी हड्डियाँ बिखर सकती थीं।

अब ताड़ के उन पेड़ों पर किशनपाल सिंह की मिल्कियत हो गयी थी। पटवारी ने उस सरकारी नर्सरी के भीतर भी उस ज़मीन को किशनपाल सिंह के पट्टे में निकाल दिया था। अब ताड़ी निकलवाने का काम वही करते थे। ग्राम पंचायत भवन के बैठकी वाले कमरे में, जहाँ महात्मा गाँधी की तस्वीर टँगी हुई थी, उसी के नीचे शाम को ताड़ी बाँटी जाती। कमरे के भीतर और बाहर ताड़ीखोर मज़दूरों की अच्छी–ख़ासी जमात इकट्ठा हो जाती थी। किशनपाल सिंह को भारी आमदनी होती थी।

एक बार टेपचू ने भी ताड़ी चखनी चाही। उसने देखा कि जब गाँव के लोग ताड़ी पीते तो उनकी आँखें आह्लाद से भर जातीं। चेहरे से सुख टपकने लगता। मुस्कान कानों तक चौड़ी हो जाती, मन्द–मन्द। आनन्द और मस्ती में डूबे लोग साल्हो–दादर गाते। ठहाके लगाते। और एक–दूसरे की माँ–बहन की ऐसी–तैसी करते। कोई बुरा नहीं मानता था। लगता था जैसे लोग प्यार के अथाह समुन्दर में एक साथ तैर रहे हों।

टेपचू को लगा कि ताड़ी ज़रूर कोई ऊँची चीज़ है। सवाल यह था कि ताड़ी पी कैसे जाय। काका लोगों से माँगने का मतलब था, पिट जाना। पिटने से टेपचू को सख़्त नफ़रत थी। उसने जुगाड़ जमाया और एक दिन बिल्कुल तड़के, जब सुबह ठीक से हो भी नहीं पायी थी, आकाश में इक्का–दुक्का तारे छितरे हुए थे, वह झाड़ा फिरने के बहाने घर से निकल गया।

ताड़ की ऊँचाई और उस ऊँचाई पर टँगे हुए पके नीबू के आकार के मटके उसे डरा नहीं रहे थे, बल्कि अदृश्य उँगलियों से इशारा कर उसे आमन्त्रित कर रहे थे। ताड़ के हिलते हुए डैने उसे ताड़ी के स्वाद के बारे में सिर हिला–हिलाकर बतला रहे थे। टेपचू को मालूम था कि छपरा ज़िले का लट्ठबाज मदना सिंह ताड़ी की रखवाली के लिए तैनात था। वह जानता था कि मदना सिंह अभी ताड़ी की ख़ुमारी में कहीं खर्राटे भर रहा होगा। टेपचू के दिमाग़ में डर की कोई हल्की–सी खरोंच तक नहीं थी।

वह गिलहरी की तरह ताड़ के एकसार सीधे तने से लिपट गया और ऊपर सरकने लगा। पैरों में न तो बाँस की पक्सियाँ थीं और न कोई रस्सी ही। पंजों के सहारे वह ऊपर सरकता गया। उसने देखा, मदना सिंह दूर एक आम के पेड़ के नीचे अँगोछा बिछाकर सोया हुआ है। टेपचू अब काफ़ी ऊँचाई पर था। आम, महुए, बहेड़ा और सागौन के पेड़ उसे और ठिगने नज़र आ रहे थे। 'अगर मैं गीध की तरह उड़ सकता तो कित्ता मज़ा आता!' टेपचू ने सोचा। उसने देखा, उसकी कुहनी के पास एक लाल

चींटी रेंग रही थी। "ससुरी", उसने एक भद्दी गाली बकी और मटके की ओर सरकने लगा।

मदना सिंह जमुहाइयाँ लेने लगा था और हिल–डुलकर जतला रहा था कि उसकी नींद अब टूटने वाली है। धुँधलका भी अब उतना नहीं रह गया था। सारा काम फुर्ती से निपटाना पड़ेगा। टेपचू ने मटके को हिलाया। ताड़ी चौथाई मटके तक इकट्‌ठी हो गयी थी। उसने मटके में हाथ डालकर ताड़ी की थाह लेनी चाही...

और बस, यहीं सारी गड़बड़ी हो गयी।

मटके में फनियल करैत साँप घुसा हुआ था। असल नाग। ताड़ी पीकर वह भी धुत था। टेपचू का हाथ अन्दर गया तो वह उसके हाथ में बौड़कर लिपट गया। टेपचू का चेहरा राख की तरह सफ़ेद हो गया। गीध की तरह उड़ने जैसी हरकत उसने की। ताड़ का पेड़ एक तरफ़ हो गया और उसके समानान्तर टेपचू वज़नी पत्थर की तरह नीचे को जा रहा था। मटका उसके पीछे था।

ज़मीन पर टेपचू गिरा तो धप्प की आवाज़ के साथ एक मरते हुए आदमी की अन्तिम कराह भी उसमें शामिल थी। इसके बाद मटका गिरा और उसके हिज्जे–हिज्जे बिखर गये। काला साँप एक ओर पड़ा हुआ ऐंठ रहा था। उसकी रीढ़ की हड्डियाँ टूट गयी थीं।

मदना सिंह दौड़ा। उसने आकर देखा तो उसकी हवा खिसक गयी। उसने ताड़ की फुनगी से मटके समेत टेपचू को गिरते हुए देखा था। बचने की कोई सम्भावना नहीं थी। उसने एक–दो बार टेपचू को हिलाया–डुलाया। फिर गाँव की ओर हादसे की ख़बर देने दौड़ गया।

धाड़ मार–मारकर रोती, छाती कूटती फ़िरोजा लगभग सारे गाँव के साथ वहाँ पहुँची। मदना सिंह उन्हें मौक़े की ओर ले गया, लेकिन मदना सिंह बक्क रह गया। ऐसा नहीं हो

सकता–यही ताड़ का पेड़ था, इसी के नीचे टेपचू की लाश थी। उसने ताड़ी के नशे में सपना तो नहीं देखा था? लेकिन फूटा हुआ मटका अब भी वहीं पड़ा हुआ था। साँप का सिर किसी ने पत्थर के टुकड़े से अच्छी तरह थुर दिया था। लेकिन टेपचू का कहीं अता–पता नहीं था। आसपास खोज की गयी, लेकिन टेपचू मियाँ ग़ायब थे।

गाँववालों को उसी दिन विश्वास हो गया कि हो न हो टेपचू साला जिन्न है, वह कभी मर नहीं सकता।

फ़िरोज़ा की सेहत लगातार बिगड़ रही थी। गले के दोनों ओर की हड्डियाँ उभर आयी थीं। स्तन सूखकर ख़ाली थैलियों की तरह लटक गये थे। पसलियाँ गिनी जा सकती थीं। टेपचू को वह बहुत अधिक प्यार करती थी। उसी के कारण उसने दूसरा निकाह नहीं किया था।

टेपचू की हरकतों से फ़िरोज़ा को लगने लगा कि वह कहीं बहेतू और आवारा होकर न रह जाय। इसीलिए उसने एक दिन गाँव के पण्डित भगवानदीन के पैर पकड़े। पण्डित भगवानदीन के घर दो भैंसें थीं और खेती–पाती के अलावा वे दूध पानी बेचने का धन्धा भी करते थे। उनको चरवाहे की ज़रूरत थी। इसके लिए पन्द्रह रुपये महीने और खाना ख़ुराक पर टेपचू रख लिया गया। भगवानदीन असल काइयाँ थे। खाने के नाम पर रात का बचा–खुचा खाना या मक्के की जली–भुनी रोटियाँ टेपचू को मिलतीं। क़रार तो यह था कि सिर्फ़ भैंसों की देख–भाल टेपचू को करनी पड़ेगी, लेकिन वास्तव में भैंसों के अलावा टेपचू को पण्डित के घर से लेकर खेत–खलिहान तक का सारा काम करना पड़ता था। सुबह चार बजे उसे जगा दिया जाता और रा़त में सोते–सोते बारह बज जाते। एक महीने में ही टेपचू की हाल़त देखकर फ़िरोज़ा पिघल गयी। छाती में भीतर से रुलाई का ज़ोरदार भभका उठा। उसने टेपचू से कहा कि बेटा इस पण्डित

का द्वार छोड़ दे। कहीं और देख लेंगे। यह तो मुआ कसाई है पूरा। लेकिन टेपचू ने इनकार कर दिया।

टेपचू ने यहाँ भी जुगाड़ जमा लिया। भैंसों को जंगल में ले जाकर वह छुट्टा छोड़ देता और किसी पेड़ के नीचे रात की नींद पूरी करता। इसके बाद उठता। सोन नदी में भैंसों को नहलाता। कुल्ला वग़ैरह करता। फिर इधर–उधर अच्छी तरह से देख–ताक कर डालडा के ख़ाली डिब्बे में एक किलो भैंस का ताज़ा दूध दुहकर चढ़ा लेता। उसकी सेहत सुधरने लगी।

एक बार पण्डिताइन ने उसे किसी बात पर गाली बकी और खाने के लिए सड़ा हुआ बासी भात दे दिया। उस दिन टेपचू को पण्डित के खेत की निराई भी करनी पड़ी थी और थकान और भूख से वह बेचैन था। भात का कौर मुँह में रखते ही पहले तो खटास का स्वाद मिला, फिर उबकाई आने लगी। उसने सारा खाना भैंसों की नाँद में डाल दिया और भैंसों को हाँककर जंगल ले गया।

शाम को जब भैंसें दुही जाने लगीं तो छटाँक–भर दूध नहीं निकला। पण्डित भगवानदीन को शक पड़ गया और उन्होंने टेपचू की जूतों से पिटाई की। देर तक मुर्गा बनाये रखा। दीवाल पर उकड़ूँ बैठाया। थप्पड़ चलाये और काम से उसे निकाल दिया।

इसके बाद टेपचू पी.डब्ल्यू.डी. में काम करने लगा। राखड़, मुरम, बजरी बिछाने का काम। सड़क पर डामर बिछाने का काम। बड़े–बड़े मर्दों के लायक़ काम। चिलचिलाती धूप में फ़िरोज़ा मकई के आटे में मसाला–नमक मिलाकर रोटियाँ सेंक देती। टेपचू काम के बीच में, दोपहर उन्हें खाकर दो लोटा पानी सड़का लेता। ताज्जुब था कि इतनी कड़ी मेहनत के बावजूद टेपचू सिझ–पककर मज़बूत होता चला गया। काठी चढ़ने लगी। उसकी कलाई की हड्डियाँ चौड़ी होती गयीं, पेशियों में मछलियाँ मचलने लगीं। आँखों में एक अक्खड़ रौब और गुस्सा झलकने लगा। पंजे लोहे की माफ़िक़ कड़े होते गये।

एक दिन टेपचू एक भरपूर आदमी बन गया। जवान।

पसीने, मेहनत, भूख, अपमान, दुर्घटनाओं और मुसीबतों की विकट धार को चीरकर वह निकल आया था। कभी उसके चेहरे पर पस्त होने, टूटने या हार जाने का गम नहीं उभरा।

उसकी भौंहों को देखकर एक चीज़ हमेशा अपनी मौजूदगी का एहसास कराती–गुस्सा, या शायद घृणा की थरथराती हुई रोशन पर्त।

मैंने इस बीच गाँव छोड़ दिया और बैलाडिला के आयरन ओर मिल में नौकरी करने लगा। इस बीच फ़िरोज़ा की मौत हो गयी। बालदेव, संभारू और राधे के अलावा गाँव के कई लोग बैलाडिला में मज़दूरी करने लगे। पण्डित भगवानदीन को हैजा हो गया और वे मर गये। हाँ, किशनपाल सिंह उसी तरह ताड़ी उतरवाने का धन्धा करते रहे। वे कई सालों से लगातार सरपंच बन रहे थे। क़स्बे में उनकी पक्की हवेली खड़ी हो गयी और बाद में वे एम.एल.ए. हो गये।

लम्बा अर्सा गुज़र गया। टेपचू की ख़बर मुझे बहुत दिनों तक नहीं मिली, लेकिन यह निश्चित था कि जिन हालात में टेपचू काम कर रहा था, अपना ख़ून निचोड़ रहा था, अपनी नसों की ताक़त चट्टानों में तोड़ रहा था–वे हालात किसी के लिए भी जानलेवा हो सकते थे।

टेपचू से मेरी मुलाक़ात तब हुई, जब वह बैलाडिला आया। पता लगा कि किशनपाल सिंह ने गुंडों से उसे बुरी तरह पिटवाया था। गुंडों ने उसे मरा हुआ जानकर सोन नदी में फेंक दिया था, लेकिन वह सही–सलामत बच गया और उसी रात किशनपाल सिंह की पुआल में आग लगाकर बैलाडिला आ गया। मैंने उसकी सिफ़ारिश की और वह मज़दूरी में भर्ती कर लिया गया।

वह सन् अठहत्तर का साल था।

हमारा कारख़ाना जापान की मदद से चल रहा था। हम

जितना कच्चा लोहा तैयार करते, उसका बहुत बड़ा हिस्सा जापान भेज दिया जाता। मज़दूरों को दिन–रात खदान में काम करना पड़ता।

टेपचू इस बीच अपने साथियों से पूरी तरह घुल–मिल गया था। लोग उसे प्यार करते। मैंने वैसा बेधड़क, निडर और मुँहफट आदमी और नहीं देखा। एक दिन उसने कहा था, "काका, मैंने अकेले लड़ाइयाँ लड़ी हैं। हर बार मैं पिटा हूँ, हर बार हारा हूँ। अब अकेले नहीं, सबके साथ मिलकर देखूँगा कि सालों में कितना ज़ोर है।"

इन्हीं दिनों एक घटना हुई। जापान ने हमारे कारख़ाने से लोहा ख़रीदना बन्द कर दिया, जिसकी वजह से सरकारी आदेश मिला कि अब हमें कच्चे लोहे का उत्पादन कम करना चाहिए। मज़दूरों की बड़ी तादाद में छँटनी करने का सरकारी फ़रमान जारी हुआ। मज़दूरों की तरफ़ से माँग की गयी कि पहले उनकी नौकरी का कोई दूसरा बन्दोबस्त कर दिया जाये, तभी उनकी छँटनी की जाये। इस माँग पर बिना ध्यान दिये मैनेजमेंट ने छँटनी पर फ़ौरी अमल शुरू कर दिया। मज़दूर यूनियन ने विरोध में हड़ताल का नारा दिया। सारे मज़दूर अपनी झुग्गियों में बैठ गये। कोई काम पर नहीं गया।

चारों तरफ़ पुलिस तैनात कर दी गयी। कुछ गश्ती टुकड़ियाँ भी रखी गयीं, जो घूम–घूमकर स्थिति को कुत्तों की तरह सूँघने का काम करती थीं। टेपचू से मेरी भेंट उन्हीं दिनों शेरे पंजाब होटल के सामने पड़ी लकड़ी की बेंच पर बैठे हुए हुई। वह बीड़ी पी रहा था। काले रंग की निकर पर उसने खादी का एक कुर्ता पहन रखा था।

मुझे देखकर वह मुस्कुराया, "सलाम काका, लाल सलाम।" फिर अपने कत्थे–चूने–से रँगे मैले दाँत निकालकर हँस पड़ा, "मनेजमेंट की गाँड में हमने मोटा डण्डा घुसेड़ रखा है। साले

बिलबिला रहे हैं, लेकिन निकाले निकलता नहीं काका, दस हजार मज़दूरों को भुक्खड़ बनाकर ढोरों की माफ़िक़ हाँक देना कोई हँसी–ठट्ठा नहीं है। छँटनी ऊपर की तरफ़ से होनी चाहिए। जो पचास मज़दूरों के बराबर पगार लेता हो, निकालो सबसे पहले उसे, छाँटो अजमानी साहब को पहले।"

टेपचू बहुत बदल गया था। मैंने ग़ौर से देखा–उसकी हँसी के पीछे घृणा, वितृष्णा और गुस्से का विशाल समन्दर पछाड़ें मार रहा था। उसकी छाती उघड़ी हुई थी। कुर्ते के बटन टूटे हुए थे। कारख़ाने के विशालकाय फाटक की तरह खुले हुए कुर्ते के गले के भीतर उसकी छाती के बाल हिल रहे थे, असंख्य मज़दूरों की तरह, कारख़ाने के मेन गेट पर बैठे हुए। टेपचू ने अपने कन्धे पर लटकते हुए झोले से पर्चे निकाले और मुझे थमाकर तीर की तरह चला गया।

कहते हैं, तीसरी रात यूनियन ऑफ़िस पर पुलिस ने छापा मारा। टेपचू वहीं था। साथ में और भी कई मज़दूर थे। यूनियन ऑफ़िस शहर से बिल्कुल बाहर दूसरे छोर पर था। आस–पास कोई आबादी नहीं थी। इसके बाद जंगल शुरू हो जाता था। जंगल लगभग दस मील तक के इलाक़े में फैला हुआ था।

मज़दूरों ने पुलिस को रोका, लेकिन दरोगा करीम बख्स तीन–चार कांस्टेबुलों के साथ ज़बरदस्ती अन्दर घुस गया। उसने फ़ाइलों, रजिस्टरों, पर्चों को बटोरना शुरू किया। तभी टेपचू सिपाहियों को धकियाते हुए अन्दर पहुँचा और चीख़ा "काग़ज़–पत्तर पर हाथ मत लगाना दरोगाजी, हमारी ड्यूटी आज यूनियन की तकवानी में है। हम कहे दे रहे हैं। आगा–पीछा हम नहीं सोचते, पर तुम सोच लो, ठीक तरह से।"

दरोगा चौंका। फिर गुस्से में उसकी आँखें गोल हो गयीं, और नथुने साँड़ की तरह फड़कने लगे, "कौन है मादर...तूफ़ानी सिंह, लगाओ साले को दस डण्डे।"

सिपाही तूफ़ानी सिंह आगे बढ़ा तो टेपचू की लँगड़ी ने उसे दरवाज़े से आधा बाहर और आधा भीतर मुर्दा छिपकली की तरह ज़मीन पर पसरा दिया। दरोगा करीम बख्स ने इधर–उधर देखा। सिपाही मुस्तैद थे, लेकिन कम पड़ रहे थे। उन्होंने इशारा किया, लेकिन तब तक उनकी गर्दन टेपचू की भुजाओं में फँस चुकी थी।

मज़दूरों का जत्था अन्दर आ गया और तड़ातड़ लाठियाँ चलने लगीं। कई सिपाहियों के सिर फूटे। वे रो रहे थे और गिड़गिड़ा रहे थे। टेपचू ने दरोगा को नंगा कर दिया था।

पिटी हुई पुलिस पलटन का जुलूस निकाला गया। आगे–आगे दरोगाजी, फिर तूफ़ानी सिंह, लाइन से पाँच सिपाहियों के साथ। पीछे–पीछे मज़दूरों का हुजूम ठहाके लगाता हुआ। पुलिसवालों की बुरी गत बनी हुई थी। यूनियन ऑफ़िस से निकलकर जुलूस कारख़ाने के गेट तक गया, फिर सिपाहियों को छोड़कर मस्ती और गर्व में डूबे हुए लोग लौट गये। टेपचू की गर्दन अकड़ी हुई थी और वह साल्हो–दादर गाने लगा था।

अगले दिन सवेरे टेपचू अपनी झुग्गी से निकलकर टट्टी करने जा रहा था कि पुलिस ने उसे गिरफ़्तार कर लिया। और भी बहुत–से लोग पकड़े गये थे। चारों तरफ़ गिरफ़्तारियाँ चल रही थीं।

टेपचू को जब पकड़ा गया तो उसने टट्टीवाला लोटा खींचकर तूफ़ानी सिंह को मारा। लोटा माथे के बीचोबीच बैठा और गाढ़ा गन्दा ख़ून छलछला आया। टेपचू ने भागने की कोशिश की, लेकिन वह घेर लिया गया। गुस्से में पागल तूफ़ानी सिंह ने तड़ातड़ डण्डे चलाये। मुँह से बेतहाशा गालियाँ फूट रही थीं।

सिपाहियों ने उसे जूते से ठोकर मारी। घूँसे–लात चलाये। दरोगा करीम बख्स भी जीप से उतर आये। यूनियन ऑफ़िस में की गयी अपनी बेइज़्ज़ती उन्हें भूली नहीं थी।

दरोगा करीम बख्स ने तूफ़ानी सिंह से कहा कि टेपचू को नंगा किया जाये और गाँड में एक लकड़ी ठोंक दी जाये। तूफ़ानी सिंह ने यह काम सिपाही गजाधर शर्मा के सुपुर्द किया।

गजाधर शर्मा ने टेपचू का निकर खींचा तो दरोगा करीम बख्स का चेहरा फक हो गया। फ़िरोज़ा ने टेपचू की बाक़ायदा खतौनी करायी थी। टेपचू दरोगा का नाम तो नहीं जानता था, लेकिन उसका चेहरा देखकर ज़रूर जान गया। दरोगा करीम बख्स ने टेपचू की कनपटी पर एक डण्डा जमाया, "मादर...नाम क्या है तेरा?"

टेपचू ने कुर्ता उतारकर फेंक दिया और मादरजाद अवस्था में खड़ा हो गया, "अल्ला बक्स बलद अब्दुल्ला बक्स साकिन मड़र मौजा पौंडी, तहसील सोहागपुर, थाना जैतहरी, पेशा मज़दूरी" इसके बाद उसने टाँगे चौड़ी कीं, घूमा और गजाधर शर्मा जो नीचे की ओर झुका हुआ था, उसके कन्धे पर पेशाब की धार छोड़ दी, "ज़िला शहडोला, हाल बासिन्दा बैलाडिला..."

टेपचू को जीप के पीछे रस्सी से बाँधकर डेढ़ मील तक घसीटा गया। सड़क पर बिछी हुई बजड़ी और मुरम ने उसकी पीठ की पर्त निकाल दी। लाल टमाटर की तरह जगह–जगह उसका गोश्त बाहर झाँकने लगा।

जीप क़स्बे के पार आख़िरी चुंगी नाके पर रुकी। पुलिस पलटन का चेहरा खूँख्वार जानवरों की तरह दहक रहा था। चुंगी नाके पर एक ढाबा था। पुलिसवाले वहीं चाय पीने लगे।

टेपचू को भी चाय पीने की तलब महसूस हुई, "एक चा इधर मारना छोकड़े, कड़क।" वह चीख़ा पुलिसवाले एक–दूसरे की ओर कनखियों से देखकर मुस्कराये। टेपचू को चाय पिलायी गयी। उसकी कनपटी पर गूमड़ उठ आया था और पूरा शरीर लोथ हो रहा था। जगह–जगह से लहू चुहचुहा रहा था।

जीप लगभग दस मील बाद जंगल के बीच रुकी। जगह बिलकुल सुनसान थी। टेपचू को नीचे उतारा गया। गजाधर शर्मा ने एक–दो डण्डे और चलाये। दरोगा करीम बख्स भी जीप से उतरे और उन्होंने टेपचू से कहा, "अल्ला बक्स उर्फ़ टेपचू, तुम्हें दस सेकेंड का टाइम दिया जाता है। सरकारी हुकुम मिला है कि तुम्हारा ज़िला

वदर कर दिया जाये। सामने की ओर सड़क पर तुम जितनी जल्द दूर–से–दूर भाग सकते हो, भागो। हम दस तक गिनती गिनेंगे।"

टपेचू लँगड़ता–डगमगाता चल पड़ा। करीम बख्स खुद गिनती गिन रहे थे। एक–दो–तीन–चार–पाँच।

लँगड़े, बूढ़े, बीमार बैल की तरह ख़ून में नहाया हुआ टेपचू अपने शरीर को घसीट रहा था। वह खड़ा तक नहीं हो पा रहा था, चलने और भागने की तो बात दूर थी।

अचानक दस की गिनती ख़त्म हो गयी। तूफ़ानी सिंह ने निशाना साधकर पहला फायर किया–धाँय।

गोली टेपचू की कमर में लगी और वह रेत के बोरे की तरह ज़मीन पर गिर पड़ा। कुछ सिपाही उसके पास पहुँचे। कनपटी पर बूट मारी। टेपचू कराह रहा था, "हरामजादो!"

गजाधर शर्मा ने दरोगा से कहा, "साब, अभी थोड़ी–बहुत बाक़ी है।" दरोगा करीम बख्स ने तूफ़ानी सिंह की ओर इशारा किया। तूफ़ानी सिंह ने क़रीब जाकर टेपचू के दोनों कन्धों के पास, दो–दो इंच नीचे दो गोलियाँ मारीं, बन्दूक़ की नाल लगभग सटाकर। नीचे की ज़मीन तक उधड़ गयी।

टेपचू धीमे–धीमे फड़फड़ाया। मुँह से ख़ून और झाग के थक्के निकले। जीभ बाहर आयी। आँखें उलटकर बुझीं। फिर वह ठण्डा पड़ गया।

उसकी लाश को जंगल के भीतर महुए की एक डाल से बाँधकर लटका दिया गया। मौक़े की तस्वीर ली गयी। पुलिस ने दर्ज किया कि मज़दूरों के दो गुटों में हथियारबन्द लड़ाई हुई। टेपचू उर्फ़ अल्ला बख्स को मारकर पेड़ से लटका दिया गया है। पुलिस ने लाश बरामद की। मुजरिमों की तलाश जारी है।

इसके बाद टेपचू की लाश को सफ़ेद चादर से ढककर सन्दूक में बन्द कर दिया गया और जीप में लादकर पुलिस चौकी लाया गया।

रायगढ़, बस्तर, भोपाल सभी जगह से पुलिस की टुकड़ियाँ आ गयी थीं। सी.आर.पी. वाले गश्त लगा रहे थे। चारों ओर धुआँ

उठ रहा था। झुग्गियाँ जला दी गयी थीं। पचासों मज़दूर मारे गये। पता नहीं क्या–क्या हुआ था।

सुबह टेपचू की लाश को पोस्टमार्टम के लिए ज़िला अस्पताल भेजा गया। डॉ. एडविन वर्गिस ऑपरेशन थियेटर में थे। वे बड़े धार्मिक क़िस्म के ईसाई थे।

ट्राली–स्ट्रेचर में टेपचू की लाश अन्दर लायी गयी। डॉ. वर्गिस ने लाश की हालत देखी। जगह–जगह थ्री–नाट–थ्री की गोलियाँ धँसी हुई थीं। पूरी लाश में एक सूत जगह नहीं थी जहाँ चोट न हो।

उन्होंने अपना मास्क ठीक किया, फिर उस्तरा उठाया। झुके। और तभी टेपचू ने अपनी आँखें खोलीं। धीरे से कराहा और बोला "डॉक्टर साहब ये सारी गोलियाँ निकाल दो। मुझे बचा लो। मुझे इन्हीं कुत्तों ने मारने की कोशिश की है।"

डॉक्टर वर्गिस के हाथ से उस्तरा छूटकर गिर गया। एक घिघियाई हुई चीख़ उनके कण्ठ से निकली और वे ऑपरेशन रूम से बाहर की ओर भागे।

आप कहेंगे कि ऐसी अनहोनी और असम्भव बातें सुनाकर मैं आपका समय ख़राब कर रहा हूँ। आप कह सकते हैं कि इस पूरी कहानी में सिवा सफ़ेद झूठ के और कुछ नहीं है।

मैंने भी पहले ही अर्ज़ किया था कि यह कहानी नहीं है, सच्चाई है। आप स्वीकार क्यों नहीं कर लेते कि जीवन की वास्तविकता किसी भी काल्पनिक साहित्यिक कहानी से ज़्यादा हैरतअंगेज़ होती है। और फिर ऐसी वास्तविकता जो किसी मज़दूर के जीवन से जुड़ी हुई हो।

हमारे गाँव मड़र के अलावा जितने भी लोग टेपचू को जानते हैं, वे यह मानते हैं कि टेपचू कभी मरेगा नहीं साला जिन्न है।

आपको अब भी विश्वास न होता हो तो जहाँ, जब, जिस वक़्त आप चाहें मैं आपको टेपचू से मिलवा सकता हूँ।

❑❑